图书馆精选文丛

闲话三分

陈迩冬 著

Copyright © 2021 by SDX Joint Publishing Company.
All Rights Reserved.
本作品版权由生活·读书·新知三联书店所有。
未经许可，不得翻印。

图书在版编目（CIP）数据

闲话三分／陈迩冬著．—北京：生活·读书·新知三联书店，2021.1
（图书馆精选文丛）
ISBN 978 – 7 – 108 – 07000 – 5

Ⅰ．①闲⋯　Ⅱ.①陈⋯　Ⅲ.①《三国演义》研究
Ⅳ．① I207.413

中国版本图书馆 CIP 数据核字（2020）第 219547 号

责任编辑　唐明星
装帧设计　刘　洋
责任印制　董　欢
出版发行　生活·讀書·新知 三联书店
　　　　　（北京市东城区美术馆东街 22 号 100010）
网　　址　www.sdxjpc.com
经　　销　新华书店
印　　刷　北京市松源印刷有限公司
版　　次　2021 年 1 月北京第 1 版
　　　　　2021 年 1 月北京第 1 次印刷
开　　本　880 毫米 × 1230 毫米　1/32　印张 5.75
字　　数　99 千字
印　　数　0,001 – 6,000 册
定　　价　28.00 元
（印装查询：01064002715；邮购查询：01084010542）

写在前面

三国故事是人们耳熟能详、津津乐道的。不过人们心目中的三国故事大多来自罗贯中的小说《三国志通俗演义》（通称《三国演义》），而非演义主要依据的史书《三国志》，对于小说与史书之间的关系，大多不甚了了。清朝章学诚认为《三国演义》"七实三虚惑乱观者"，指出了其中的虚构性，但作为小说的评语未免苛刻。

陈迩冬先生这本《闲话三分》，将《三国志》和《三国演义》结合起来评说，亦文亦史，拓展出别开生面的视野。

书中澄清了许多流传已久的观念，勾勒出许多历史真相。对刘关张桃园三结义、关云长义释曹操、铜雀春深锁二乔等等脍炙人口的故事，一一循"虚"入

"实",点出小说与史实之异同,还原历史本来面目,化"腐"为新。同时,对小说的艺术创造也进行了充分肯定和多层次的分析。指出"经过作家的艺术加工,读者的心赏神会,数百年的流传,这种'故事新编'已成不朽的名著,其魅人之力,远远超过了其所依据的古史旧志"。由于作者将文与史之间的关系把握得恰到好处,对于读者理解三国的历史和《三国演义》的艺术成就都颇具启发。

书中文章最初为专栏连载(成书经过详见《再版后记》),篇幅不长,每篇从一条线索写起,看似闲闲写来,却能独辟蹊径,以小见大。舒芜先生评之为"虽是一本小书,而文心史识,意趣笔墨,四美并具"。作者是文章大家,文字纵横自如,加以见识通达,在短小的随笔中包含着丰富的视点,耐人寻味。虽写故实,偶尔将现代的"流行语"信手拈入文中,遂穿越了历史和当下的世态人情,令读者会心一笑。

陈迩冬先生生于1913年,卒于1990年。年轻时即善诗文、灯谜,有"桂林才子"之称。抗战期间以新诗、小说、小品文等创作走上文坛。解放后曾在山西大学中文系任教,1954年调至人民文学出版社,在古典文学的整理编辑、出版普及上做出了重要贡献。

他不但是著名的古典文学研究专家,而且是著名的诗人。一生从写旧诗到写新诗,又转而写旧诗,始终不改诗人本色。著有历史剧《战台湾》、传记《李秀成之死》、短篇小说集《九纹龙》、叙事诗《黑旗》等。他选注的《苏轼诗选》、《苏轼词选》、《韩愈诗选》负有盛名。

生活·讀書·新知三联书店编辑部
2014 年 3 月

目录

看完《闲话三分》的闲话 ……………… 顾学颉 1
外行话《三分》 ……………………… 端木蕻良 9

闲话开头 ……………………………………… 1
"桃园结义"与"怒鞭督邮" …………………… 4
蔡邕与董卓 …………………………………… 8
苏东坡和曹雪芹的观点 ……………………… 11
"发矫诏诸镇应曹公" ………………………… 15
董昭教打"皇帝牌" …………………………… 19
"衣带诏"之疑 ………………………………… 23
小霸王孙策 …………………………………… 28
再谈孙策 ……………………………………… 32
建业与武昌 …………………………………… 36
孙权与台湾 …………………………………… 40

为周郎叫屈	43
"隆中对"与《出师表》	46
初出茅庐第一计	50
"诸葛亮古战群儒"	54
"周瑜打黄盖"及其他	57
铜雀春深何关二乔	60
赤壁之战的尾声	64
刘备与孙夫人	68
曹操的女婿	72
曹娥碑·曹操·杨修	76
关于《杨修之死》	81
关羽爱戴高帽子	86
张飞妻女与夏侯渊父子	90
替赵子龙抱不平	94
魏王杀识魏王者及假魏王	98
曹丕的武术	101
再谈曹丕	104
蒲留仙笔下的《甄后》	109
"先帝虑汉贼不两立"质疑	113
从马谡说到王平	117
司马懿装病	121

托孤比较篇 124

吴蜀相互讥嘲 128

由魏延说到子午谷 132

杨仪、魏延的冲突 137

魏延的冤案 142

姜维"九伐中原"前后 147

刘禅与孙皓 152

再版后记 157

看完《闲话三分》的闲话

顾学颉

迩冬兄《闲话三分》报上连载既毕,将编辑出书,嘱我写序。我平生最怕为人写序,也不会写这类文章。但提到"三分",不由得引起一点兴趣和儿时情景的追忆。因而不免也闲话一番。不过,很不像一篇正式的序言;塞责过去,也就罢了。

我和古典文学打交道,除了读"经书"之外,最早的一部作品,大概就是《三国志演义》。大约七八岁时,在私塾念书,已读完《孝经》《诗经》《左传》几部经书。每天完成老师规定的读、背、讲、温若干页的正课之后,闲着无聊,起初溜到外院去玩;腻了,很无聊,就带去一本《三国演义》,不敢公开看,就放在抽屉里,开一道缝,低着头看。石印本字极小,很费劲,还不时抬起头装作正在读书的神气,怕老师发现了受责备。《演义》是用半文半白的文字写成的,我那时的水平,勉强可以看懂,有的地方也不求甚解,马虎过去。偶尔遇上难识的字或典故及长篇大论,就跳过去不看。有时性急,不知道故事结果如何,某人死了没有,等等,就翻过几页看个究竟。不料有一天老师见我老低着头,不知在干什么,一查看发现了秘密。他倒很开明,说,正课做完了,这种书(意思是正经书,不算坏书)可以放在桌上看。他怀疑我是否能看懂,要我讲一段他听。讲完,很满意。但还要考验一下,指着书上"埋伏"二字要我讲,意思猜的还差不多,但把"埋"误认为"理",逗得他大笑。说实在的,埋字我还是认识的,只因字小、光线暗、距离远看不清,看书时总把它当作理字马虎看过,以致闹了笑话。后来,他作为笑谈告诉我父亲。二兄仲伊怕我再弄错,换了一部大字的刻印精美、附有图像和读法的给我。好长一段时间,它成了我的"枕中鸿宝"。有时看着了迷,连觉也不睡。记得第一遍看到关羽走麦城,放下书几个月不想再看。五丈原诸葛亮之死,更为他伤心落泪。那时,还有几个比我稍大一点的伙伴,夏天乘凉,聚在一起高谈阔论,提出一些有趣的怪问题,互相质难。有人问:赤壁之战,曹营里到底是多少人马?有人问:全书里有几个人没有下落？有几个骑驴的？徐庶到曹营出过主意没有？吕布、马超、关、张谁的武艺最强？还有，为什么曹操是奸臣、大家不喜欢？等等。彼此辩论、反驳，争得面红耳赤，几乎打起架来。一次，辩论得最热烈的时候，顾不得周围发生了什么事情。散伙后，一个同学才发现他的被子被人偷走了。于是，这件事成为大人们禁止我们在一起谈《三国演义》的一条正当理由。

之后好些年，外出上学，接触的书多了一些，但功课紧张，只有暑假回家，才是饱看小说的大好时光。家里有一个大园子，树木花草颇盛。我最爱在竹林旁一棵高大的苦楝树下边，放一张深黄而光滑冰凉的大竹床，床边一个大矮凳、一把茶壶、一堆书，《水浒》《红楼梦》《西厢记》、杜诗、《文选》和几本新小说，其中自然也有《三国演义》。拿一把蒲扇，躺在竹床上，信手抓起一本，无头无脑地随意看。绿荫蔽日，紫竹摇曳，蝉鸣鹊噪，凉风阵阵，真如陶渊明所说的"羲皇上人"了。困了就睡，醒了喝杯茶，再抓一本什么书，不分卷页，从中看起。有时醒来，忽然发现多了一盘母亲送来的白蜜桃、大梅子，甜酸香脆，饱餐一顿之后，又继续看。这些书，翻来覆去，也不知看了多少遍，有些片段，当时还能背诵，但很少是从第一页看到末尾的。这时，理解、欣赏能力略比以前高了一点。这种非常有趣的读书方式和环境，是我一生中最难忘记并经常忆恋的。十年浩劫中，在干校将"奉命退休"时，曾有句云："此日真堪隐，平生恋晓园。"——晓园，就是上述的我父亲营建的那个园子；而所恋的，主要是那些花花草草，尤其令人忆恋的是那个幽静恬淡的环境和默默的慈爱。——直到大学毕业，在十几架日本飞机盘旋轰鸣之下才离开这个地方，以后再也没有机会、也根本不可能再见到它了！而《三国演义》，在我脑子里，也逃走得无影无踪了。

也真巧，事隔多年，解放初，人民文学出版社成立不久，文化部调我去工作。没料到交给我的第一个任务就是整理《三国演义》出版。这时才又想起阔别多年的这位"好友"。叫我整理，其实是看校样，在校样上做点修修补补的工作。我接手之前，已有人大笔一挥，在原书上掐头去尾，大删大改，面目全非。我认为这不是办法，坚持恢复毛宗岗本原貌。但版已排好，领导同志叫我适当地恢复较明显、重要的部分，"后人有诗赞曰"之类的诗已删去就算了。但我仍尽量保持原貌，一些大家的诗也恢复了一些，并作了一点极简单的注释。由于出版部门和工厂催着快印，过期要罚款，来不及详细校订就匆匆问世，这就是解放后《三国演义》第一版的经过。

因为我与新版有关，报刊约写文章，评介该书。于是接连写了长长短短几篇文章；各地也相继登载了讨论此书的论文，出版社还编印过一本研究论文集，算是解放后研究《三国演义》的一次小小高潮。但它的命运，不及《水浒》行时，更比不上红得发紫的《红楼梦》。十年浩劫，戏看八样板，书读一《红楼》，它虽没像《水浒》被打成"反革命"，但也遭到冷落，"靠边站"了许多年。

"物极必反"，大约还有几分道理。最近几年，《三国演义》继《水浒》《红楼梦》之后，似乎又有点儿转运了。各地组织学会、研究会，可惜我年老身体不好，未能前往参加，也没有精神再写文章。预料今后《三国演义》的研究工作，必将达到一个崭新的水平。

就我自己来说，和这部小说的因缘，从二十年代到八十年代，从七八岁的小孩到七十多岁的老头，经历了半个多世纪。人嘛，饱经忧患；书嘛，历尽沧桑。

值得庆幸的是，人和书似乎有着同样的命运——借用陈后山的一句诗："向老逢辰意有加"。谨在此预祝这部名著的光辉长在！上面写了许多，还不曾谈到本题，现在言归正传，仍然得从幼年看《三国演义》说起。

话说自从老师许可公开看书以后，经过反复阅读谈论，脑子里产生了一些问题；还听人说，故事都是瞎编的、假的，也有人不同意。一天，在父亲的书橱里，偶然发现一部名叫《三国志》的大书，翻开一看，显然与我看的《三国演义》不同；但曹操、诸葛亮、关羽等人的名字又都在内。便就《演义》中那些疑难在这部书里寻找，求得对证。翻来翻去，有找着的，也有几天也找不出的；还有许多句子看不懂，只得作罢。——可以说，后来我搞古典文学，搞点小考证，兼读一些史籍的兴趣、爱好，除了别的因素以外，《三国演义》作了我的无形的启蒙"向导"。

年龄稍大以后，略知道文和史，历史小说和正史的联系和区别，文艺中的真实和虚构的关系，因而具体想到《三国演义》"七实三虚"的评论。章学诚"七实三虚"的说法对不对呢？如果再从文学技巧、典型塑造来看，作者为什么要虚构？如果再问：哪些是虚中有实，哪些是实中掺虚？如果还问：哪些虚、虚得好，有助于典型形象的丰满？哪些虚、虚得坏，有损于故事情节的完整？还有：陈志和裴松之注的原始材料，作者采用了哪些？摒弃了哪些？张冠李戴挪用了哪些？为什么？还有：历代民间传说资料，戏剧、说话资料，作者又汲取了哪些？另外，一些人物的年龄、性格、行为、社会关系、言谈笑貌等等，有真有假，或增或省，——又如何？这些，我统统无法回答。

这样看，要答复这些问题，要既懂史又懂文，既搞一点文艺理论，又搞一点小考证；还要亦庄亦谐，且文且白，雅俗共赏，老少咸宜，谈出来人家心里服，写出来人家喜欢看。不能板起面孔搞考证，不能枯燥无味讲理论，更不能游谈无根、油腔滑调，专门玩弄噱头。可见：难矣哉！

正在《三国演义》研究进入新的高潮之际，很有幸，陈迩冬兄为我们解决了这一难题。记得前几年他同我谈过想写三国闲话的事。后来忽然在《光明日报》看见他的大作《闲话三分》连载，又在《团结报》看见他写《三分支话》。"三分"这个词儿，诸葛亮《出师表》已开始用。迄后，唐宋诗人词人都常用。宋元说话人中还有专门"说三分"的。仅看报上的题目，他不用《三国演义》而用"三分"，就知道他的用意和写法,是兼指史实与小说的,是要把《三国志》和《三国演义》结合起来谈的。果然,一篇又一篇证实了我的看法,一篇又一篇解答了过去存在已久的一些疑问。他用轻松的笔调,闲谈的方式,生动活泼,结构灵便,一篇讲一件事,自成单元,联合成书,又首尾完具,让人看起来有趣味,放下书有想头,深入浅出,亦文亦史,的确是不可多得的一本案头清供。

外行话《三分》

端木蕻良

说起来也真有意思,我第一次看《三国演义》本子,是我的出生地——昌图县衙门排印的。民国成立,我们县来了一位新派县长,他是广东人,把旧式牢监改为新式监狱,由南方买进一台平印机,训练犯人印书,这部《三国演义》就是在这种革新声中产生的。它是连史纸、三号铅字印的大开本,前面有绣像,是位老艺人绘制的。我还曾把它当画本临摹过。

不过,我真正阅读《三国演义》,还是汪原放的标点本。更后,才看到毛宗岗本。《三国演义》在我脑海中,占有很重要的位置,但嫌它文字有些半文半白,我阅读的次数就减少了。我自幼就是个白话文派,这便影响我看《三国演义》,没有看《红楼梦》和《水浒》那么勤快认真了。可是,有关《三国演义》的论说,我倒是不大放过的。对迩冬写的《闲话三分》,我更是个热情的读者。

孙冬在写作期间,有四五次病重,住进医院抢救,输氧输液。出院不久,还是续写下去。他对《三国演义》,对《红楼梦》,都可以称为是牌知己。现在,他要我来为这个集子序说几句,他在病中写信来,我也在病中写信去,我俩都不能随意走动,趁着目前还可以笔谈,我想,就该尽量利用。所以,不揣冒昧,写几句外行话,想来读者也会谅解的。

回想抗战期间,我入川时,看到重庆有些人以白巾缠头,这种习气传流下来,据说是为诸葛亮戴孝;在长江上,我还看到过江心的八块巨石,人们指点着说,这就是诸葛亮练兵的"八阵图"。后来我去云南,听到了更多有关诸葛亮的故事,如用藤编织腰带;有的少数民族驮东西不放在背上,却挂在脖子上等等,都传说是诸葛亮教的。可见诸葛亮的影响,是何等深入人心。对于这些,当然不能低估,但简单说是由于《三国演义》的渲染所致,是不足以说服人的。这里有着历代相传的"口头文学"的功劳在内。"口头文学"和当事人联系是最紧的,和人民的关系也最直接。人们并没有给诸葛亮穿上八卦仙衣,而是把他看成是智慧的化身,说起诸葛亮来,就像谈到一位既熟悉又亲切的老朋友那样。

我对把陈涉年号列入正史，以曹魏年号纪年的史家，都很佩服。因为从历史发展来说，保持刘汉传统，实在没有什么意义。这一点儿也不妨碍我对诸葛亮有特殊好感。从曹操的《蒿里行》等一些诗歌中，就可以看出，汉末社会已经全面崩溃。人们厌弃军阀混战，希望能够再度出现大一统的局面，是当时的普遍社会心理。董卓暴尸街头，人们在他的肚脐上点蜡烛，作为他吸尽民脂民膏的回报，正好说明这一点。当时凡是致力于推翻董卓的人，都被看作是义士，曹操也是这样得到义士的称号的。

那么，聪明绝顶的诸葛亮，为什么在"隆中对"时，就认定"天下三分"是必然趋势呢？而且，他为什么要把自己的文才武略，偏偏沾到刘备这片西瓜上去呢？

"使君与操"是最有头脑的人物，理该进入当代英雄的行列，这没有错。可是，曹操为人，唯才是用，诸葛亮为什么要舍曹附刘呢？这决不是知其不可为而为之的事儿。取天下，是要看到力量和前景的，如果明明知道是死胡同，偏要去走，那就不成其为诸葛孔明了。诸葛亮早有分析，而且成竹在胸。

诸葛亮认识到：

一、在大变乱中，人们厌弃军阀混战，相比之下，人心思汉。刘备好歹可以扯起汉的旗帜来。二、诸刘多半庸劣，唯刘备担负复汉的任务，还有成功的前途。否则就谈不上什么"淡泊明志，宁静致远"了。三、东吴有其世袭的文武系统，曹操早已和天下豪杰取得联络，诸葛亮无论参加到这二者的哪一边，都不会得到"言听计从"的待遇。四、诸葛亮受到刘备"三顾"之后，才答应出山，实际上也就是取得对他放心放手的信任。当然，他取得了这些。不过，这都是较好的条件。还有最不利的，那就是刘备没有一个地盘。因为刘备只是一个有名无实的"中山靖王之后"，其他什么都没有。所以，诸葛亮就使出"借地不拆屋"的锦囊妙计，为他弥补这个致命的弱点。这样，才完成了"蜀"这个历史角色，出现了真正三分的局面。

究竟鹿死谁手，这就要看如何为了。说诸葛亮"知其不可为而为之"，从出山之日起，就以一个失败主义者自居，是不对的。道理十分明显，试想，刘备的儿子是"阿斗"，失荆州，斩马谡等等，他在隆中能够预知吗？当时，诸强蜂起，群雄并立，由于错综复杂的纷争兼并成为三股力量，然后再通过政治和军事的对比消长，才能达到统一局面，打开历史的新页。这就是一部《三国志》。但由谁来统一，还是一个未知数！

诸葛亮定远交近攻的军事战略，也正是为大一统而制定的。杜甫说"江流石不转，遗恨失吞吴"是对的。诸葛亮联吴伐魏，其实最后的目的，也是"吞吴"。先要吴北伐，削弱魏，同时也是削弱吴。待魏被削弱，魏就自己纳入蜀的囊中，这时蜀便可有力取吴了。诸葛亮的大一统，是绕着弯子来求得实现的。

也有人说，诸葛亮如不插上一手，魏就可以早得天下，战乱期间就可以缩短。这实际是把诸葛亮放在历史之上了。我们如果客观地把他放在历史之中，这就不成为问题了。

迓冬说三分，多有创见。但他不多作史的外延。比如，他指出华容道"义释"曹操，原是诸葛亮的密计，谈不上什么义释，这是发前人之所未发。但他却不以此为起点，大作文章。我同意他这个论断，诸葛亮此刻是要保全曹操性命。如果曹操此时此地真的死在关刀之下，孙吴就可以进兵北上，蜀既没有那么大的嘴巴和肚皮容下魏的谋臣猛将，刘备也没有那么大的度量消化得了，只好坐看东吴得了便宜，吴的阵容会意外壮大起来。东吴势力一旦伸入长江以北，要它再缩回去，那就难于上青天。不然就是取得荆州以图蜀，刘备更无立足之地了。

迩冬对曹丕的估价，也有卓见。不以个人的喜恶为转移，所以才有说服力。曹操立曹丕为太子，是有鉴于历史的前车之覆，才作此决策的。同时，又谈到曹丕还长于剑术，在创业的魏武头脑中，不会不考虑到这一条的，曹操还有意培养过他。不过，曹丕继位后，收拾宗室，破了格了，自己又死得过早，给司马造成可乘之机，这倒是曹操没有想到的。我同情曹植，但我对迩冬的论断，表示信服。

迩冬治学，旁搜冥求，常能在灯火阑珊处，蓦地发现出不寻常。但他决不大声张扬，却待读者去品味。他的文章耐人思索，但有时也会显得有些儿冷僻。其实，这才是他独特的风格。我和他有几十年的交谊，他在治学上，对我一直有吸引力，也正在这些方面。

他对三国人物的相互关系、地理部分以及门第派系，都下过工夫。这使他论到杨修、魏延、蒋干等人时，都能更接近史实。迩冬是诗人，艺术造诣使他对罗贯中的演义笔法，能进行多层次的分析。对于这位伟大作家的得失，虽未立专论，但在字里行间，也触及到某些得失。《演义》不同于史实，它是艺术创造。但由于写得绘声绘色，罗贯中本人又能文能武，因此，在社会上，《三国演义》已成为公认的斗智斗勇的教科书。努尔哈赤在军旅中，不忘《三国演义》，而且要他的部将们也必须阅读，并且命人把它全部译成满文。

《三国演义》艺术成就极高，它塑造的人物形象，已代替了历史形象。迩冬通过细致工作，还人物以历史面貌，同时，又肯定了罗贯中的艺术创造，对这两者之间的关系，掌握得极有分寸。如对甘露寺，就是最好的分析。近年来，我精力不济，尽量避免引用文字，因为经常忘记出处，校核起来，比新写一篇吃力得多。可是，迩冬在病中，辨证审核，每篇小文，都要做多少繁复的劳动，我只有佩服！

迩冬每有新论，绝不矜夸，更没有作为定论的意思。但是，《闲话三分》澄清了许多流传下来的概念，勾勒出许多历史真相，对于正确估计三国的历史和《三国演义》的艺术成就，都是有帮助的。

最后，还有一点，应在这里指出，那就是作者考订夷州就是台湾，这也是对史学的一点贡献。

一九八五年八月十四日于北京

闲话开头

鲁迅先生《中国小说史略》："说《三国志》者，在宋已甚盛，盖当时多英雄，武勇智术，瑰伟动人，而事状无楚汉之简，又无春秋列国之繁，故尤宜于讲说。……'说三分'为说话之一专科，与'说五代史'并列。金元杂剧亦常用三国时事，……而今日搬演为戏文者尤多，则为世之所乐道可知也。其在小说，乃因有罗贯中本而名益显。"

罗贯中是元、明间人，在他以前，已有《三国志平话》，有金、元以三国故事为题材的杂剧，他又"皆排比陈寿《三国志》及裴松之注，间亦仍采平话，又加推演而作之；论断颇取陈、裴及习凿齿、孙盛语，且更盛引'史官'及'后人'诗。然据旧史即难于抒写，杂虚辞复易滋混淆，故明谢肇淛既以为'太实则近腐'，清章学诚又病其'七实三虚惑乱

观者'也"。(《中国小说史略》)

在下闲话三分,原是袭用宋人"说三分"之名,想循"虚"入"实",化"腐"为"新",庶几不"惑乱观者"。此即闲话之动机。若谓一家之言,则吾岂敢!

先从书名说起:《三国志演义》今本作《三国演义》,不知为何去掉"志"字?罗贯中的"演义",是演陈寿《三国志》之义,非演"三国"之义。演义为小说之一种体裁,根据史志,敷演其义。原是作家虑及古史旧志,非一般读者所能涉猎,遂以较通俗的文字演其义,使之家喻户晓,经过作家的艺术加工,读者的心赏神会,数百年的流传,这种"故事新编",已成不朽的名著,其魅人之力,远远超过了其所依据的古史旧志。文胜于史,这是小说家的本领。但是那个"志"字,似可不必去掉的。否则,依约定俗成之例,如《水浒全传》只名《水浒》,则此书径名《三国》,亦无不可。

《三国志演义》是历史小说,也可以说是政治小说。说它是历史小说,是它基本上按照《三国志》改编的。是小说就不妨有实有虚——不管是几实几虚,真人真事之中和之外加以虚构,减或增,取或舍,夸大或缩小,剪接或移挪……都由它。但从这棵树的枝叶花果上可以看出历史的面貌,锯断树的主干可以细数历史的年轮。说它是政治小说,是它揭示了当时统治阶级怎样镇压人民,怎样内部斗争,怎样割据,合纵连横,彼起此伏,尔诈我虞,互相吞并,抢夺地盘,称王称帝……由"合久必分"到"分久必合"。这些政治把戏,只有通过演义才为人民所知。可以说《三国志演义》是比《三国志》更能教会读者识别那时的历史事件、政治得失,乃至三国以前和三国以后的封建社会,治乱兴亡,改朝换代,莫不如此,可以类推。

这是《三国志演义》的最大功绩。

《三国志演义》久流传,而《三国志平话》已渐不为人所知,今日京剧和地方剧中的"三国戏",也绝大多数是由《三国志演义》出,而很少承继金元杂剧如《赴襄阳会》、《复夺受禅台》……以至于较后的《关公月下斩貂蝉》之类,其原因亦在此。

"桃园结义"与"怒鞭督邮"

《宴桃园豪杰三结义》是《三国志演义》的开端，这一开端，颇为后来的人所乐道，更为小说家所沿袭，如《水浒传》写一百零八人"大聚义"，《七侠五义》写"五鼠"结拜……以至于旧社会的帮会、堂口、北洋军阀、国民党……都有"拜把"的风气，如蒋介石和冯玉祥拜了把，称冯为大哥，又早和李宗仁拜了把，称李为弟，互换"兰谱"，上写誓约："谊属同志，情切同胞，同心一德，生死系之。"但是"蒋桂战争"、"蒋冯阎战争"，老蒋雄猜阴狠，何尝有丝毫"义气"在？这当然与"桃园结义"相距天渊，不足道了。

其实东汉桓、灵之世，只有"朋党"——朝野的一些"清流"，如周福、房植、窦武、陈蕃、李膺、张俭、杜密……以至出现于演义中的一个次要人物刘表，就是与张隐等同为"八顾"，又与张俭等同称"八及"。这些"朋党"只是名士间的交结，都不是拜把的结义。这且不说，只说桃园结义这回事，是演义的作者受元明间的"江湖"风气影响，而且早于他的《平话》中已定型了，遂沿袭并加深渲染。

陈寿《三国志·蜀书·先主传》："先主不甚乐读书，喜狗马、音乐、美衣服……好交结豪侠，年少争附之。"这位没落王孙刘备，尽管他是汉末大儒卢植的学生，却不肯读书，倒有几分像他的老祖宗刘邦。关、张只是"争附"他的"豪侠"。不过他们之间关系密切，用今天的话说，是"最亲密的战友"。他们确是与别人不同，同书《关羽传》："先主于乡里合徒众，而羽与张飞为之御侮。先主为平原相，以羽、飞为别部司马，分统部曲。先主与二人寝则同床，恩若兄弟。而稠人广坐，侍立终日，随先主周旋，不避艰险。"《张飞传》："少与关羽俱事先主，羽年长数岁，飞兄事之。"这就是编造桃园结义的所本。自始至终，刘备之于关、张，是领导与干部的关系，君臣关系。其中刘、关似乎更密切些，同书《魏书·刘晔传》，刘晔说："且关羽与备，义为君臣，恩犹父子。"至于旧戏还把赵云加入，称为"四弟"，那不仅在陈寿的《志》中找不到一点影子,赵云的地位还在马超、黄忠之下;就是在罗贯中的《演义》中,也没有说过他是"四将军"。

"张翼德鞭打督邮"这件事是刘备亲手干的,《演义》却把这事写在张飞身上。据《先主传》:当时刘备以地方势力参加镇压农民起义,讨黄巾有军功,做了安喜县尉。"督邮以公事到县,先主求谒,不通,直入缚督邮,杖二百,解印绶系其颈,着马柳(捆在马桩上),弃官亡命。"裴松之注引《典略》:"其后(平黄巾之后)州郡被诏书,其有军功为长吏者,当沙汰之。备疑在遣中。督邮称疾,至县,当遣备,备素知之。闻督邮在传舍,备欲求见督邮,督邮称疾不肯见备,备恨之。因还治,将吏卒更诣传舍,突入门,言'我被府君密教,收督邮',遂就床缚之,将出到界,自解印绶系督邮颈,缚之著树,鞭杖数百余下,欲杀之,督邮求哀,乃释去之。"原来刘备是在被"沙汰"、"遣"(就是淘汰、遣散)之列,那位间接代表中央、直接代表郡守来的督邮老爷又摆架子,刘备恼上加怒,就做出这桩事来。《演义》为了要把刘备写得"仁厚",就移植到"鲁莽"的张飞身上。这一嫁接,故事就活了,人物也活了。

就本人本事看，刘备未尝不有乃祖刘邦那种流氓英雄气质。刘邦看见秦始皇的车驾，就说"大丈夫当如是也"；刘备小时与群儿戏于树下，也说"吾当乘此羽葆"。如果不是史家造谣——我想陈寿不会因为司马迁那样写了他就这样写，看汉朝第一个皇帝和最末一个三分之一的皇帝，多少贯串着一点"家风"。

蔡邕与董卓

蔡邕是好人，是著名的经师、史家、文学家、书法家。董卓是坏人，是土豪、恶霸、军阀、奸臣、屠伯和政治野心家。可是历史太无情，竟把他们拴在同一条死亡线上，蔡邕也算是不忠之人了。

> 斜阳古道赵家庄，
> 负鼓盲翁正作场。
> 身后是非谁管得，
> 满村听说蔡中郎。

这是陆游有名的诗篇，可见宋代民间说唱文学已将蔡邕其人其事为题材了。元末明初，高则诚写《琵琶记》，更把蔡邕编作不孝不义之人。连明末的妓女李香君（《桃花扇》里的女主角），当她在南京桃叶渡送别侯方域公子时,也唱《琵琶记》中曲,并对侯说:"公子才名文藻,雅不减中郎。中郎学不补行,今琵琶所传词固妄,然尝昵于董卓,不可掩也。……愿终自爱,无忘妾所歌琵琶词也,妾亦无复歌矣!"(见侯方域《壮悔堂文集·李姬传》)

《三国志演义》说"董卓暴尸于市,忽有一人伏其尸而大哭",这个人就是蔡邕,王允"命将蔡邕下狱中缢死"云云。这"哭尸"和"缢死"都非史实,是小说家夸张了。据《后汉书·董卓传》,吕布刺董卓后,陈尸于市,有"主簿田仪,及卓苍头(老仆人)前赴其尸,布又杀之"。《三国志》田仪作田景,并说吕布"凡所杀三人"。另一个是谁呢?也不是蔡邕。这时蔡邕还是王允的座上客,《后汉书·蔡邕传》:"及卓被诛,邕在司徒王允座,殊不意言之而叹,有动于色。王允勃然叱之……即收付廷尉治罪。"王允叱之这一段话,和马日䃅劝说王允那些话,演义写的基本上与正史相符。但《蔡邕传》"邕遂死狱中,允悔,欲止而不及",可信未必是王允叫人缢死他的。

蔡邕在汉灵帝光和年间,被阉宦的党羽迫害,受了"髡"刑。灵帝死,少帝立,董卓废少帝,另立献帝（刘协），他起用蔡邕，蔡邕是被董卓强逼出来做官的。董卓很重视他，"三日之间，周历三台，拜左中郎将，封高阳乡侯"。蔡邕也知道董卓这人是"不济"的，想"逃逃山东"不成（均据《后汉书·蔡邕传》），乃终于有此祸。

但蔡邕未尝不有"知遇之感"吧，这一点，正史就不如演义，小说家把它明写了出来。

本"一分为二"之旨，蔡邕好处应占几分，错处应占几分，那就凭看官们去评量了。

就是董卓，九十九分的恶，也有一分善：他一上台就为陈蕃、窦武平了反；继又擢用蔡邕、郑泰、何颙、荀爽、孔伷……这一批清流。如果说对蔡邕"不以一眚以掩大德"（立言仅稍次于立德）的话；那么，董卓也不应因其百恶而掩其一善吧？

苏东坡和曹雪芹的观点

陈寿的《三国志》,是以魏为正统的。罗贯中的《三国志演义》,则以蜀汉为正统。不论是读史或读小说的人,都是看得出的[①]。

当三国鼎峙之际,曹操首受汉封,由魏公升为魏王;刘备受群臣拥戴,为汉中王;孙权是在曹丕篡权以后,才接受魏封,为吴王。到了曹丕称魏帝,号黄初元年(公元二二〇年),紧接着刘备称汉帝,号章武元年(二二一年),又次年,孙权与魏断绝关系,号黄武元年(二二二年),后来也称吴大帝,号黄龙元年(二二九年)。曹丕谥曹操为太祖武帝,实际上曹操确是魏的开国皇帝。

尽管正史以曹魏继汉为正统,但人民是不承认的。就在司马光写《资治通鉴》的当时,民间说书人和听众都是倾向蜀汉的,就是官方的苏东坡也透露了他的观点,《东坡志林》有这么一段话:"王彭尝云:涂巷中小儿薄劣,其家所厌苦,辄与钱,令聚坐听说古话,至说三国事,闻刘玄德败,频蹙眉,有出涕者,闻曹操败,即喜唱快。以是知君子小人之泽,百世不斩。"他写《赤壁赋》也说曹操"固一世之雄也,而今安在哉!"(《念奴娇·赤壁怀古》)他是高举周郎,赤壁一役,烧得"强虏灰飞烟灭"②。《答范淳甫》诗:"犹胜白门穷吕布,欲将鞍马事曹瞒。"这里"吕布"是隐射吕惠卿、曾布,曹"瞒"是指王安石,可见他的所憎。

不论是读正史还是读演义的人,都知道汉献帝刘协,是曹操手中的傀儡,这个傀儡,袁绍想换个刘虞,刘虞不肯做,袁绍便改变主意,叫曹操把刘协送来;曹操拒绝了,袁绍便想抢;吕布也想抢;孙策也想抢;袁术不抢,干脆自己当。袁术是明目张胆地在淮南当,还有一个刘焉,是悄悄地在成都准备当。抢皇帝和自己当皇帝,在三国鼎峙的局面未形成以前,就有无数纠综杂错的战争,把人民害苦了。

刘协这个傀儡,先是在董卓手中的,也是董卓塑立的。但董卓玩不久,王允利用吕布,将董卓杀了。长安的军民，都恨董卓，当他被陈尸于市时，这头饱吸了民脂民膏的死肥野猪，便遭到老百姓在他肚脐眼上点灯的报应。正史和演义都是这样写的。苏东坡有《郿坞》诗云："衣中甲厚行何惧，坞里金多退足凭。毕竟英雄谁得似，脐脂自照不须灯。"诗中的英雄，是要打引号的。

苏东坡如此观，曹雪芹亦如此观。

《红楼梦》曾把历史上的著名人物分为三类：一类是"大仁者"；一类是"大恶者"；大仁大恶之外，还有一类是"逸士高人"、"情痴情种"、"奇优名倡"。这见于第二回《冷子兴演说荣国府》，借贾雨村的嘴巴说的（贾雨村也是恶人）。他历数"大恶者挠乱天下"，是"蚩尤、共工、桀、纣、始皇、王莽、曹操、桓温、安禄山、秦桧等"[③]。从唐到清，姓曹的多以"魏武子孙"为荣，想来曹雪芹不是"魏武子孙"吧？纵是，他也不"为亲者讳"，他比苏东坡更爽利，用重笔把曹操列入"大恶"。只是放过了董卓。大概这株"千里草"，曹雪芹认为还未成气候，不够"挠乱天下"的资格。

注释:

① 三国以后,历史上在国家统一时期,以魏为正统,分裂时期,以蜀汉为正统,然大致如此,亦非绝对的。闲话范围,未敢多涉。

② 有的本子"强房"作"樯橹"。我觉得"强房"为胜。

③ 从脂砚斋庚辰本。戚蓼生本无蚩尤。蚩尤、共工,俱是传说中的人物。

"发矫诏诸镇应曹公"

这是现成题目，见毛宗岗本《三国演义》第五回。罗贯中原本《三国志通俗演义》，则是《曹操起兵伐董卓》。

近见某刊两位同志谓"罗贯中为了突出曹操的政治军事才干，……还虚构了一些故事情节"，其中举出"虚构曹操矫诏起兵，召集十八路兵马共击董卓的情节（卷一第九则），以表现他的慷慨不群，敢作敢为"。这里括号中的卷一第九则，即据罗本。那两位同志的论点我是同意的，不过把曹操讨董卓一事定为"虚构"，未免把《演义》看得太"虚"了。

按曹操讨董卓的事，不仅见于正史，而且有他自己的作品为证，即《蒿里行》"关东有义士，兴兵讨群凶……"那首。"关东义士"，实指袁绍，曹操这时还很谦虚，只把自己当作一个参加者，而不是首义者,其实曹操起兵,比袁绍早一个月。《三国志·魏书·武帝纪》注引太祖答袁绍书:"董卓之罪,暴于四海,吾等合大众、兴义兵,而远近莫不响应,此以义动故也。"

又《武帝纪》:"太祖至陈留,散家财,合义兵,将以诛卓。冬十二月,始起兵于己吾,是岁中平六年也。"按灵帝中平六年即少帝光熹元年(公元一八九年)。

第二年,献帝"初平元年春正月,后将军袁术、冀州牧韩馥、豫州刺史孔伷、兖州刺史刘岱、河内太守王匡、渤海太守袁绍、陈留太守张邈、东郡太守桥瑁、山阳太守袁遗、济北相鲍信同时俱起兵,众各数万,推绍为盟主。太祖为奋武将军"。这里记载着的连曹操在内只有十一路,《演义》写的是"十八镇",要加上《演义》所列的才够数,那就是还有北海太守孔融、广陵太守张超、徐州刺史陶谦、西凉太守马腾、北平太守公孙瓒、上党太守张扬、长沙太守孙坚。

原来最初串连的,是刘岱、孔伷、张邈、桥瑁、张超五人,共推臧洪升坛,歃血为盟。"洪辞气慷慨,涕泣横下,闻其言者,虽卒伍厮养,莫不激扬,人思致节。顷之,诸将军莫适先进,而食尽众散。"(据

《魏书·臧洪传》)

后来十八镇中张扬是参加的；孙坚参加在后，而进军居前；公孙瓒只遥为响应，派遣刘备去，算是政治投机买卖，占了一股。孔融、陶谦、马腾，实际上没有参加，连股份也不占。

其中最早与董卓争废立之事的是袁绍，董卓以武力威胁太后及朝臣。袁绍说："天下健者，岂惟董公！"长揖横刀而出走，袁家"四世五公"，因此，袁绍名望最高，袁家自袁隗以下，俱被董卓满门杀害，而加盟诸人中，许多是袁氏的门生故吏，袁绍遂被推为盟主。

当时"诸军兵十余万，日置酒高会，不图进取"(《武帝纪》)。曹操为同盟军划战守之策。他们不能采用，曹操就独自出兵到荥阳前线。曹操兵少，只五千人，又是新编的部曲，被董卓的徐荣部队打败了。曹操自己也负了伤。接着是长沙太守孙坚从南阳赶来，投入战斗，也败在徐荣手下。来年，孙坚再战，董卓派吕布、胡轸去迎敌，吕、胡不和，董卓内部很乱，孙坚大胜，斩了华雄（《演义》写"温酒斩华雄"，移植到关羽身上）；董卓自己出战，又败；请和，孙坚拒绝。董卓乃退长安。孙坚进入残破的洛阳。

以后同盟中各自离心，无形解散。讨董卓一幕，就此结束。

至于"发矫诏"——假传圣旨，那是莫须有之事，但事出有因：为了催促袁绍起兵，"桥瑁诈作三公移书，传驿州郡，说董卓罪恶，天子危逼，企望义兵，以释国难"（见《后汉书·袁绍传》）。

矫诏的不是曹操，矫三公书的却是桥瑁，这也差不离儿，小说家把它夸大、升级，也不能说完全是无中生有的虚构。

至于曹操献刀欲刺董卓，那才是虚构。《武帝纪》：只是董卓"表太祖为骁骑校尉，欲与计事。太祖乃变姓名，间行东归"。在讨董卓之役中，刘、关、张"三英战吕布"，那也是虚构，陈寿书中，一点影子也没有。不过这是源于宋人平话及元人杂剧，《演义》成书以前已有之。

董昭教打"皇帝牌"

董昭这个人,在三国中不是重要人物,连次要也够不上。但他却端出了一个最为关键的政治设计,贡献给最大的政治野心家——曹操,真可谓"一言而兴邦"(兴了魏邦)。

此人曾在袁绍处帮忙,袁绍战胜公孙瓒,他与有力;又在张杨处帮闲,张杨交结曹操,是他从中缀合,张杨表荐曹操于朝廷,正是他的主意。还为曹操与李傕、郭汜等"长安诸将"之间穿针引线。

《三国志·魏书·董昭传》:时"天子(献帝刘协)在安邑,昭从河内往,诏拜议郎。建安元年,太祖定黄巾于许,遣使诣河东……"这样一来,曹操的使者就和董昭接触上了。他们具体谈什么,不知道,但从献帝还洛阳以后,杨奉、董承、韩暹、张杨各不相和,其中杨奉兵马最强,董昭便以曹操的名义写信

与杨奉表示愿意合作,可以看出他和曹操的关系又进了一层。这封书信也骗取了当时辽飒少党援的杨奉的信任:

"吾与将军,闻名慕义,便推赤心。今将军拔万乘之艰难,返之旧都,翼佐之功,超世无畴,何其休哉!方今群凶猾夏,四海未宁,神器至重,事在维辅,必须众贤,以清王轨,诚非一人所能独建。心腹四肢,实相俟赖,一物不备,则有阙焉!将军当为内主,吾为外援,今吾有粮,将军有兵,有无相通,足以相济,死生契阔,相与共之。"(见本传)

杨奉得书喜悦,以为曹操近在许昌,有兵有粮,可作依靠。于是与诸将共表曹操为镇东将军、袭其父爵费亭侯。这算是董卓灭后,新朝重新重用曹操之始。曹操"朝天子于洛阳,引昭并坐,问曰:'今孤来此,当施何计?'昭曰:'将军兴义兵以诛暴乱,入朝天子,辅翼王室,此五霸之功也。此下诸将,人殊意异,未必服从;今留匡弼,事势不便,惟有移驾幸许耳!'"接着分析了"迁都"有利有弊,且会有反对者,但"行非常之事,乃有非常之功",要曹操果断,择利多弊少者行之。移帝驾幸许昌的最大好处就是曹操与天子同在。曹操实行了,这就是演义罗本的卷三之七《迎銮舆曹操秉政》、毛本的十四回《曹孟德移驾幸许都》。

演义写曹操初到洛阳，见"官僚、军民，面有饥色"，董昭独肥，"自言多年食淡"。相谈之下，始与订交。其实董昭之于曹操，早已"贴上"，为之划策，不自今日始了。

其后曹操打败杨奉、韩暹，遂畅所欲为，从此汉帝成了曹操手中的傀儡。事在建安元年（公元一九六年）八月，据《后汉书·孝献帝纪》："庚申迁都许，己巳，奉曹操营。"迁都是何等大事，史官何其吝惜笔墨如此？《后汉书》对三国态度，基本上是反曹的。迁都事是曹操一手包办的，故不予褒贬。相反地，迁都以前"辛亥，镇东将军曹操，自领司隶校尉、录尚书事。曹操杀侍中台崇、尚书冯硕等"，却一笔不漏、一笔不苟地记载了。后来曹操称魏公，继称魏王，也都是董昭所创议。（见本传）

"挟天子以令诸侯"，本非曹操的发明，也不是董昭所独传之秘。袁绍的谋士沮授早就劝袁"宜迎大驾，安宫邺都，挟天子而令诸侯，畜士马以讨不庭，谁能御之！……若不早图，必有人先者也"。（《三国志·袁绍传》引《献帝传》）郭图、淳于琼以为不然,"若迎天子以自近,动辄表闻,从之则权轻,违之则拒命,非计之善者也"。袁绍是个"如谋无断"的人,狐疑不定,行动迟缓,这个机会就永远失掉了。

吕布也看到这一着棋,与东海肖建书云:"布杀卓来诣关东,欲求兵西迎大驾,光复洛京。"(同上《吕布传》引《英雄记》)可是,吕布奔走就食之不暇,他的军队连开拔费也没有。吹了!

较晚孙策在袁曹官渡之战中,想奇袭许昌,迎取天子;志未酬而被刺身亡。刘备劝刘表乘曹操北征乌丸,许昌虚空可袭;表不能用。……

于是,打"皇帝牌"遂为曹操所独擅。

"衣带诏"之疑

罗贯中原本《三国志通俗演义》卷四之十《董承密受衣带诏》，那诏文云：

> 朕闻人伦为大，父子为先；尊卑之殊，君臣至重。近者权臣操贼，出自阁门，滥叨辅佐之阶，实有欺罔之罪。连结党伍，败坏朝纲，敕赏封罚，皆非朕意。夙夜忧思，恐天下将危。卿乃国之元老，朕之至亲，可念高皇创业之艰难，纠合忠义两全之烈士，殄灭奸党，复安社稷，除暴于未萌，祖宗幸甚！怆惶破指，书诏付卿，再四慎之！勿令有负！建安四年春三月诏。

毛宗岗批改本《三国演义》第二十四《董国舅内阁受诏》，这诏书文字稍有删削，较为简短。但罗、毛两人的摹拟古文辞，实在是不像后汉文字，而那时正处于"建安文学"时代，怎么这诏书一点也不见世所称的"建安风骨"？皇帝刘协固非文士，当年已十九岁，也会写文章了，匆促之间写的东西，当然不能与"三曹"、"七子"比美。不过文章之为物，总是有时代烙印和个人风格的，何况这诏书是血泪文字！

大概元、明、清作家，写小说别是一套，拟古文辞则非其所长。小说家可以以通俗文言文拟写，这也不苛求于他们。不过演义中既全录曹植铜雀台赋（本是《登台赋》），孔融荐祢衡表，袁术致吕布书，孙策绝袁术书，陈琳为袁绍作的讨曹操檄，荀彧复曹操书，刘表分致袁谭、袁尚书，刘备的遗诏，刘禅命诸葛亮诏，曹丕报孙权书，孙权复书，孙权诏书，诸葛洛喻众书，汉帝赐曹操九锡文，曹丕受禅文，诸葛亮出师两表、遗表，王肃、董寻、扬阜谏曹叡疏，谯周仇国论，以至于曹操与孙权、孙权与曹操的短简，曹操的教令，其他人的名言隽语……皆巨细不遗，纵有个别字句不同，《演义》是尽量存真的。

独所谓"衣带诏"者，不相伦类，使人疑惑，我相信《演义》的作者和改写者，他们谁也没有见过诏书的原本（那是当然的），或传本（那也是不可能见到的,因已失了传),事在建安五年春正月,《三国志》、《后汉书》都是这样记载的。这个诏书却写了"四年春三月",错了,亦即伪托。

《三国志·魏书·武帝纪》:"五年春正月,董承等谋泄,皆伏诛。"

《后汉书·孝献帝纪》:"五年春正月,车骑将军董承、偏将军王服(诸葛亮后出师表中误作李服)、越骑校尉种辑,受密诏诛曹操,事泄。壬午,曹操杀董承等,夷三族。"

《三国志·蜀书·先主传》:"先主未出时(未离开许都),献帝舅车骑将军董承受帝衣带中密诏,当诛曹公。……遂与承及长水校尉种辑、将军吴子兰、王子服等同谋。会见使,未发,事觉,承等皆伏诛。"

这事发生时,刘备可能没有暴露,便极力设法求去,更可能他早走了,曹操遣他去截击袁术。袁术为刘备所败,困死。曹操的谋士程昱、郭嘉都说:"刘备不可纵。"果然,"备至下邳,遂杀徐州刺史车胄,举兵屯沛"。曹操"遣刘岱、王忠击之,不克"。于是曹操亲征刘备,刘备败投袁绍(见《武帝纪》)。从此,曹刘分手,并互为仇敌。

《演义》写董承他们,取白绢一幅,盟誓签名。毛宗岗评语兼论何进、董承:"乃二人之贤皆不同,而同于败者,进之失在不断,承之失在不密。君不密则失臣,臣不密则失身。事欲其秘,何必歃血会饮?迹恐其露,何必立券书名?"在下以为他们不会有"立券书名"的蠢事。其中还有马腾,也是《演义》增入的。《通鉴集览》云:"董承智不及王允,而欲效图(董)卓之举,非独自杀其身,适足以危其主,所谓志可矜而智不逮也。"

就是这个"衣带诏",是否为董承父女伪造,假皇帝之名,以资号召,也很难说。看官试想:"曹公东征先主,先主败绩,曹公尽收其众,虏先主妻子,并擒关羽"。不久,关羽及刘备两妻还是亡归刘备。建安十六年曹操杀马腾,那是因马超反西凉,更不关"衣带诏"事。要是此案未了,能不留下关羽和没收刘备家属?又会十一年后才杀马腾吗?

此事王沉的《魏书》、鱼豢的《魏略》均未提及,他们很可能是为曹操讳。纵然确有其诏,在曹操的搜、抄、杀、灭人三族之下,也就毁而无存了。纵存有,曹操会公开这份文件吗?王沉、鱼豢也未必见过。

曹操之得入朝,最初是董承引荐。朝中有董昭,曹操那边有荀彧、程昱力劝曹操迎帝驾幸许都，于是献帝落入曹操手中，生杀予夺都由他，纵无"衣带诏"事，曹操尽可以任何罪名杀他的反对者。

然则，"衣带诏"事，实千古之疑案也。

罗贯中仅据丝毫线索，写出偌大事件，绘影绘声，揭露曹操之睚眦必报，除根务尽，虽胎儿亦难免（董贵妃已有孕）。此小说家之能事。

小霸王孙策

《江表传》吴郡太守上书汉帝:"孙策骁雄,与项籍相似。……"此即所谓"小霸王"。

诸葛亮《后出师表》有云:"刘繇、王朗,各据州郡,论安言计,动引圣人,群疑满腹,众难塞胸。今岁不战,明年不征,使孙策坐大,遂并江东。……"

诸葛亮上此表时,蜀汉与东吴已恢复联盟。是年(公元二二八年,为汉建兴六年,吴黄武七年)孙权用周鲂计,大破曹休于石亭(今安徽潜山东北)。据《汉晋春秋》:"亮闻魏兵东下,关中虚弱。"因再上表北伐,即《后出师表》所言"今贼适疲于西,又务于东,兵法乘劳,此进趋之时也"。这就是《三国演义》九十七回的《讨魏国武侯再上表》。

正要东、西呼应,北伐讨魏,为何又诋谟东吴的奠基人孙策?至少是对友邦的"先王"不敬。说"诸葛一生唯谨慎",这句话却要打折扣,我看他既失言又错论人,未免冒昧,有欠谨慎。

孙策之有江东,不是"坐大",是打大的,他东打西打,今岁战,明岁征,越打地盘越大。

当东汉末世群雄割据,兵革扰攘之际,扬州刺史刘繇、会稽太守王朗,都是名人,他们不是"不战"、"不征",而是"论安言计"似内行,征战实是外行,刘繇是"弃军逃遁"的,王朗是败降孙策、后归曹操的。他们全不是"小霸王"的对手!在这前后,孙策连破陆康、逐严白虎、绝袁术、败张勋、克黄祖、杀许贡……自十八岁领兵,至二十五岁底定江东,二十六岁为刺客所伤,不治身亡,短短八年之中,孙策干了别人半辈子或一辈子才取得的成就(如曹操、刘备),不能不说他是"可儿"!曹操呼他为"猘儿",猘是狂犬,《吴历》云:"曹公闻策平定江南,意甚难之,常呼猘儿难与争锋也!"乃以侄女配孙策的小弟孙匡,又为儿子曹彰娶孙贲(孙策从兄)女,拜孙策为讨逆将军,封吴侯。曹操对"猘儿",完全用安抚政策。

孙策是漂亮人物,《三国志·吴书·孙讨逆传》:"策为人,美姿颜,好笑语,性阔达,善于用人。是以士民见者,莫不尽心,乐为致死。"《江表传》所记略有不同，人们先是怕他，后经接触，才拥护他："策时年少，虽有位号，而士民皆呼为'孙郎'。百姓闻孙郎至，皆失魂魄，长吏委城郭，窜伏山草。及至，军士奉令，不敢虏掠，鸡犬菜茹，一无所犯，民乃大悦，竞以牛酒诣军。……"

孙策原是袁术的部下，又是晚辈（他父亲孙坚曾参加讨董卓，是属于袁术这一系统的），袁术很爱他，"以礼辟策，表拜怀义校尉。术大将乔蕤、张勋，亦倾心敬焉。术常叹曰：'使术有子如孙郎，死复何恨！'"

袁术这句话早在曹操夸赞孙权"生子当如孙仲谋"前十五年，可见袁术首先赏识孙氏子弟，其眼光不下于曹操。

袁术这个人，在曹操青梅煮酒，与刘备共论当世英雄中，刘备尝试举袁术，曹操说术是"冢中枯骨，吾早晚必擒之"。此说欠通，既已为陈死人，何劳你去擒他？原来《演义》作者罗贯中，会错了陈寿《三国志》的语义。《三国志·蜀书·先主传》：徐州牧陶谦，让位给刘备，刘备辞不接受，谦死，别驾麋竺"率州人迎先主，先主未敢当。……先主曰：'袁公路（术）近在寿春，此君四世五公，海内所归，君可以州与之'。……北海相孔融谓先主曰：'袁公路岂忧国忘家者耶！冢中枯骨，何足介意！今日之事，百姓与能，天与不取，悔不可追。'先主遂领徐州。"

孔融说"冢中枯骨"，是对袁术的先人"四世五公"而言，不是比拟袁术为陈死人，后之作者误会了。

尽管袁术其人无甚可取，但他对于孙策，却独具识力，一见即甚奇之，就把孙坚的旧部曲拨归孙策。《演义》说是孙策以其父在洛阳所得玉玺作抵押，袁术才借兵三千给他。完全不是这回事。玉玺的事，其说不一，我当另文考述。

当建安二年（公元一九七年）春，袁术僭号，自称天子，孙策就与之断绝关系。孙策是忠于汉室吗？不！他野心勃勃，想奇袭许昌，把皇帝抢到江东，自己效法齐桓公或晋文公，做个霸主。可是"出师未捷身先死"，遗命以二弟孙权做他的继承人（并不奏知汉帝）。这很出乎张昭们的意外，据《典略》，"张昭等谓策与以兵属俨"。孙俨即孙翊，字叔弼，是老三，他"骁悍果烈，有兄策风"（《吴书·宗室传》）。但孙策早选定了"性度弘朗"的孙权，孙策平日"每会宾客，常顾权曰：'此诸君，汝之将也。'"（见《江表传》）

孙策死于建安五年，这时诸葛亮尚在襄阳隆中，年纪与孙权相若，对孙策固无多了解也。

再谈孙策

孙策这个人,好胜、自负、爱美、喜斗、嗜杀——好些人是莫名其妙被他杀的,如严舆、高岱、于吉、许贡等皆是。

严舆是严白虎之弟,奉其兄命与孙策会面议和。严舆有勇力,座中孙策飞戟投之,中戟立死。(见《吴录》)高岱是吴人,隐于余姚,孙策请他出来,要跟他谈《左传》,自己先玩读,做好了准备。有人对孙策说:"高岱以将军但英武而已,无文学之才。若与论《传》而或云不知者,则其言符矣。"又对高岱说:"孙将军为人,恶胜己者。若每问当言不知,乃合意耳;如皆辩义,此必危殆。"高岱照此对付,孙策怒他轻视自己,把他囚了。"知交及时人皆露坐为请,策登楼望见数里中填满,策恶其收众心,遂杀之。"(见《吴录》)杀于吉也是因为讲情的人多,"不复相顾君臣之礼",有伤孙策的自尊心。(据《江表传》)吴郡太守许贡曾上表汉帝,调孙策到京好羁縻,免得他在外作乱。孙策发现表章,就绞死了许贡。(同上)

嗜杀是孙策的致命伤。他就是被许贡的宾客为主报仇刺死的。

《江表传》云:刺客"射策中颊"——脸上挂了彩。孙策是爱美的,"死要面孔"。《吴历》云:"策既被创,医言可治,当好自将护,百日勿动。策引镜自照,谓左右曰:'面如此,尚可复建功立事乎!'推几大奋,创皆分裂,其夜卒。"好胜、自负,也由此可见。

但他对其母,不失为孝子。《三国志·吴书·妃嫔传》注引《会稽典录》:"策功曹魏腾,以迕意见谴,将杀之,士大夫忧恐,计无所出。夫人(吴夫人即孙策母)乃倚大井而谓策曰:'汝新造江南,其事未集,方当优贤礼士,舍过录功。魏功曹在公尽规,汝今日杀之,则明日人皆叛汝!吾不忍见祸之及,当先投此井中耳。'策大惊,遽释腾。"

他对其妻,不失为佳偶。同书《周瑜传》:"时得桥公两女,皆国色也。策自纳大桥,瑜纳小桥。"

当年策、瑜,皆二十四岁。《江表传》:"策从容戏瑜曰:'桥公二女虽流离,得吾二人为婿,亦足为欢。'"可惜他和桥大姑娘做夫妻还不满三年,就使她成了遗孀。

他对其弟,不失为好兄长。他临死前,对孙权说:"举江东之众,决机于两阵之间,与天下争衡,卿不如我;举贤作能,各尽其心,以保江东,我不如卿。"知弟莫若兄,他深悉孙仲谋不能"与天下争衡",只能取守势"以保江东"。

至于《演义》所谓"内事不明问张昭,外事不明问周瑜",亦有所本。《三国志·吴书·张昭传》,张昭对孙权说:"昔太后(即吴夫人)、桓王(孙策谥长沙桓王)不以老臣属陛下,而以陛下属老臣。"同书《周瑜传》:"策薨,权统事,瑜将兵赴丧,遂留吴(这里吴指苏州),以中护军与长史张昭共掌众事。"注引《江表传》:建安七年东吴讨论送不送人质(孙权儿子)与曹操,这时曹操已破袁绍,势力很大,想遥控江东。"鸽派"的张昭主张送质,与之妥协;"鹰派"的周瑜极力反对送质,要保持独立自主局面。"权母曰:'公瑾议是也。公瑾与伯符同年,小一月耳,我视之如子也。汝其兄事之。'遂不送质。"

可见孙策留给孙权的遗教：对内，用文治派；对外，得听战略家的。真所谓"哥哥是金子般的言语"。

按照那时代的道德标准来说，母在，儿早死，便是不孝；使妻子年轻轻的守寡，便非佳偶。短命的孙郎，只算他是个好兄长吧。

建业与武昌

晋初左思作《三都赋》,据说收集材料,构思十年,及至写出,士人竞相传抄,一时洛阳纸贵。"三都"是分别赋蜀都、吴都、魏都。《蜀都赋》赋其险阻;《吴都赋》赋其繁华;而主要写的是《魏都赋》,盛称其文明、制度、衣冠、人物、山川、风物……左思是有偏见的。因为魏灭蜀,晋代魏,又灭吴,他是晋人,尊魏即所以尊晋,不得不尔。正如薛综是吴人,也曾抑蜀扬吴。《三国志·吴书·薛综传》:孙权派他接待蜀汉使臣张奉,他在席前劝酒,以拆字博取"众座喜笑,而奉无以对"。他说"蜀"云:"有犬为獨,无犬为蜀,横目勾身,虫入其腹。"[①]说"吴":"无口为天,有口为吴,君临万邦,天子之都。"此为罗贯中《三国演义》所不载。这且按下不表,下面谈吴都。

可见孙策留给孙权的遗教：对内，用文治派；对外，得听战略家的。真所谓"哥哥是金子般的言语"。

按照那时代的道德标准来说，母在，儿早死，便是不孝；使妻子年轻轻的守寡，便非佳偶。短命的孙郎，只算他是个好兄长吧。

建业与武昌

晋初左思作《三都赋》，据说收集材料，构思十年，及至写出，士人竞相传抄，一时洛阳纸贵。"三都"是分别赋蜀都、吴都、魏都。《蜀都赋》赋其险阻；《吴都赋》赋其繁华；而主要写的是《魏都赋》，盛称其文明、制度、衣冠、人物、山川、风物……左思是有偏见的。因为魏灭蜀，晋代魏，又灭吴，他是晋人，尊魏即所以尊晋，不得不尔。正如薛综是吴人，也曾抑蜀扬吴。《三国志·吴书·薛综传》：孙权派他接待蜀汉使臣张奉，他在席前劝酒，以拆字博取"众座喜笑，而奉无以对"。他说"蜀"云："有犬为獨，无犬为蜀，横目勾身，虫入其腹。"①说"吴"："无口为天，有口为吴，君临万邦，天子之都。"此为罗贯中《三国演义》所不载。这且按下不表，下面谈吴都。

东吴的政治中心，原是迁移不定的。左思所赋的吴都，虽着重写姑苏（苏州），其实他把吴国各地都接触到了（赋魏、蜀两都亦同此手法）。

当孙策平定江东时，政治中心在吴（苏州），后徙京口（镇江），先后十八年。孙策在吴六年，死后，孙权继之，又在吴八年，在京口四年。赤壁战后孙权听了张纮建计，宜出都秣陵（见《三国志·吴书·张纮传》）。张纮说："望气者云金陵地形有王者都邑之气……今处所具存，地有其气，天之所命，宜为都邑。"《张纮传》引《江表传》："后刘备之东，宿于秣陵，周观地形，亦劝权都之。权曰：'智者意同。'遂都焉。"时在建安十六年（公元二一一年），把政治中心迁来，筑石头城，改名建业。诸葛亮所谓"钟阜龙蟠，石城虎踞，真帝王之宅"。龙蟠虎踞就成了它的专用典故。秣陵、金陵、建业、石头城，都是今南京的古称，这是人所熟知的了。

那时，孙权想图徐州，南京离徐州较苏州与镇江近些。政治中心是服从国策，国策是依据战略的。

但孙权又要跟曹、刘两方——主要是对刘备——争夺长江中游，荆州是必争之地，他们三方分割了荆州：曹操占襄樊以北，刘备"借"了湘水以西，孙权只攫得湘水以东。等到建安二十四年袭取公安（荆州治所），擒杀关羽，次年又打败刘备，使其缩回夔门。这以后，他就在公安"蹲点"，不到一年，建安二十五年，"权自公安都鄂，改名武昌"（今湖北鄂城），"以武昌、飞雉、浔阳、阳新、柴桑、沙羡六县为武昌郡"。（《三国志·吴主传》）遂以鄂城为中心，西起沙羡（今武昌），东到浔阳（今九江），巩固了长江中游。更西起西陵，东至吴，把关羽原设的烽火台延长了，控制了大半段长江，从中游到下游。

"黄龙元年（公元二二九年）春，公卿百司皆劝权正尊号。夏四月，夏口、武昌并言黄龙、凤凰现。丙申，南郊即皇帝位，是日大赦，改年。"（《三国志·吴主传》）孙权是很迷信的，他又没学过生物学，我们不能轻笑古人。那时武昌（鄂城）尚未开发，那里人少，山重水复，山多则鸟兽多，水多则鱼类多，所谓黄龙，可能就是"扬子鳄"；凤凰，可能也是稀有动物，即赏玩禽"长尾鸡"[②]。这种鸡在我国早已消失殆尽，日本多有之，原是由中国大陆古代传去的。由于日本发动侵略战争，第二次世界大战后该国也少了。

是年六月，孙权与诸葛亮（由陈震代表）签订盟东吴的政治中心，原是迁移不定的。左思所赋的吴都，虽着重写姑苏（苏州），其实他把吴国各地都接触到了（赋魏、蜀两都亦同此手法）。

当孙策平定江东时，政治中心在吴（苏州），后徙京口（镇江），先后十八年。孙策在吴六年，死后，孙权继之，又在吴八年，在京口四年。赤壁战后孙权听了张纮建计，宜出都秣陵（见《三国志·吴书·张纮传》）。张纮说："望气者云金陵地形有王者都邑之气……今处所具存，地有其气，天之所命，宜为都邑。"《张纮传》引《江表传》："后刘备之东，宿于秣陵，周观地形，亦劝权都之。权曰：'智者意同。'遂都焉。"时在建安十六年（公元二一一年），把政治中心迁来，筑石头城，改名建业。诸葛亮所谓"钟阜龙蟠，石城虎踞，真帝王之宅"。龙蟠虎踞就成了它的专用典故。秣陵、金陵、建业、石头城，都是今南京的古称，这是人所熟知的了。

那时，孙权想图徐州，南京离徐州较苏州与镇江近些。政治中心是服从国策，国策是依据战略的。

但孙权又要跟曹、刘两方——主要是对刘备——争夺长江中游，荆州是必争之地，他们三方分割了荆州：曹操占襄樊以北，刘备"借"了湘水以西，孙权只攫得湘水以东。等到建安二十四年袭取公安（荆州治所），擒杀关羽，次年又打败刘备，使其缩回夔门。这以后，他就在公安"蹲点"，不到一年，建安二十五年，"权自公安都鄂，改名武昌"（今湖北鄂城），"以武昌、飞雉、浔阳、阳新、柴桑、沙羡六县为武昌郡"。(《三国志·吴主传》）遂以鄂城为中心，西起沙羡（今武昌），东到浔阳（今九江），巩固了长江中游。更西起西陵，东至吴，把关羽原设的烽火台延长了，控制了大半段长江，从中游到下游。

"黄龙元年（公元二二九年）春，公卿百司皆劝权正尊号。夏四月，夏口、武昌并言黄龙、凤凰现。丙申，南郊即皇帝位，是日大赦，改年。"(《三国志·吴主传》）孙权是很迷信的，他又没学过生物学，我们不能轻笑古人。那时武昌（鄂城）尚未开发，那里人少，山重水复，山多则鸟兽多，水多则鱼类多，所谓黄龙，可能就是"扬子鳄"；凤凰，可能也是稀有动物，即赏玩禽"长尾鸡"[②]。这种鸡在我国早已消失殆尽，日本多有之，原是由中国大陆古代传去的。由于日本发动侵略战争，第二次世界大战后该国也少了。

是年六月，孙权与诸葛亮（由陈震代表）签订盟书，昭告天下，预分魏国土地："豫、青、徐、幽属吴，兖、冀、并、凉属蜀，其司州之上，以函谷关为界"。他对蜀汉完全放心了，九月就迁都回建业。

到了孙权的孙子孙皓，曾又一度迁都武昌，由于江东士族和从北方入吴的官僚集团，几代人已过惯了建业生活，遂有"宁饮建业水，不食武昌鱼"（一作"不向武昌居"，见《昭明文选》李善注）的谣谚。这更非《演义》所载。其实武昌鱼是鄂城附近特产的一种"缩头鳊"，很好吃的，惟肉细而刺多。昔吾家眉公有"五恨"，其一是"恨鲫鱼多刺"，在下对于武昌鱼亦然。

《吴都赋》云："造姑苏之高台，临四远而特建……起寝庙于武昌，作离宫于建业……"以上东吴几个都城我都到过，我爱南京，也爱鄂城，但更爱苏州。这一点与左思的赋笔相符。

注释

① 裴松之注云："见诸书，'句身'或做'勾身'。"迩冬按："句""勾"通用。又，注引《江表传》，这两则是诸葛恪与费祎相对嘲弄。文字小有出入。

② 参用南京大学考古研究室蒋赞初同志说，见《孙权与武昌》。

孙权与台湾

不佞前在《纪念郑成功逝世三百四十年兼及台湾古近事》四首,二有云:

东吴诸葛直,
渡海入夷洲。
今即台湾岛,
世称美丽尤。
主权终属我,
客子望归舟。
……

拙诗是于史有据而发。

《三国志·吴书·孙权传》:黄龙二年(公元二二八年)"遣将军卫温、诸葛直将甲士万人,浮海求夷洲及亶洲"。亶,《后汉书·东夷传》作澶。"澶洲在海中,长老传言,秦始皇帝遣方士徐福将童男童女数千人,入海求蓬莱神山及仙药,止此洲不还。世相承有数万家,其上人民时有至会稽货布,会稽东冶人入海行,亦有遭风流移至澶洲者。所在绝远,卒不可得至,但得夷洲数千人还。"从此夷洲内附。亶洲或是琉球群岛、以及日本附近岛屿。至于航海以兵援助公孙渊,则是做了蠢事。此非本文所能谈。这里只话及夷洲即台湾。

孙权当时奄有荆、扬、交、广四州(黄武五年—公元二二四年,分交州,置广州,后复并为交州),包括今湖北、安徽、江苏三省南部、湖南、江西、浙江、福建、广东、广西东北部及沿海地区和越南北部。其水域据有长江中下游和珠江的一半,海岸线从东海以迄北部湾,论疆域并不逊于曹魏。但荆、扬的北部属魏,广、交尚未开发,地广人稀,兵源是不足的。孙权派卫温、诸葛直到夷洲就是招兵,说得不客气一点即"拉壮丁"。这一点是不能为古人讳的。高山族人的战斗力,可能是很强的。

《三国志集解》录沈莹《临海水土志》:"夷洲……土地无霜雪,草木不死,四面是山……土地肥沃,既生五谷，又多鱼肉。……地有铜铁，唯用鹿角为矛以战斗，磨砺青石以作弓矢。……"他们那时还停留在"石器时代"，一旦交给他们以金属兵具，这几千人是很好的东吴武士了。

赤乌五年（公元二三〇年），又"遣将军聂友、校尉陆凯，以兵三万讨珠崖儋耳"。孙权的势力已到海南岛。这里自汉以来就是汉家领土，不过天高皇帝远，不时叛乱，孙权这次是派兵去平定。

东吴的造船业是发达的，因为他们以水军立国。那时已有载重千吨以上的巨舰，舟帆四出，与海外有往来。远近如波斯（今伊朗）、天竺（今印度）、狮子国（今斯里兰卡）、林邑（今越南南部）……都有贸易关系，和扶南国（又名占腊，即柬埔寨）尤交好，赤乌六年，"扶南王范旃遣使献乐人及方物"。

"生子当如孙仲谋！"此语不虚。

孙氏是吴郡富春（今浙江富阳）人，文学巨子郁达夫先生的小同乡。距奉化不远，奉化某公，浙之世家，亦将有感于斯文，以台湾回归祖国乎！

为周郎叫屈

昔人有云:"同时瑜亮。"瑜亮并举,是对周郎和诸葛公的美誉。小说家罗贯中翻为"既生瑜,何生亮"两句话,意思恰恰相反,这是《演义》中周瑜临死前的恨语。他们两贤相扼,周瑜与诸葛亮生不相容,死有遗恨。周郎心胸,何其狭也!

读《三国志·吴书·周瑜传》,殊不然!周瑜是很有雅量的人。举一个例:程普是东吴第一名老将,他随孙坚破黄巾,讨董卓;又随孙策平刘勋,征黄祖;到了孙权抗曹,他与周瑜并为左右督,赤壁之役,周瑜是主帅,他为副,他不服。《江表传》说他摆老资格,倚老卖老,还"数凌侮瑜。瑜折节容下,终不与校"。这样,他的态度终于大转变,"普后自敬服而亲重之,乃告人曰:'与周公瑾交,若饮醇醪,不觉自醉。'"这一事例,可见周郎"谦让服人",当时为吴人所称道的。蒋干也称"瑜雅量高致,非言辞所能间"。中原人士,也因此敬重周郎。

演义极力写周瑜器量小,疑心大,总妒比自己高一等的人如诸葛亮,几番想杀害亮。而诸葛亮也一气,二气,三气的气他,气死他才罢休。这在陈寿的书中——不论是《吴书》或《蜀书》,原是一点影子也没有的。

然则为什么风流、高雅、谦让的周郎,给一般人以胸怀狭小、手段狠毒的印象呢?是小说家给他先造了型;戏剧家把他搬上舞台,又加了工,于是,我们看演义,看戏,总觉得这一角是美中有毒,或是毒中有美。还好,小说家和戏剧家没有把这位出则随"大帝誓师江水绿",入则有"小乔卸甲晚妆红"的人物丑化。任何小说家或戏剧家也不能丑化他。

这个人,对孙氏忠,对朋友直、谅,划策有绝招,风头足,名声好,立功太骤,加上人漂亮,夫人更是美人……,那些碌碌之辈,自惭形秽之流,难免不生嫉妒心。就是当时的友方如刘备,敌人如曹操,也说过中伤周瑜的话。《江表传》有一段记载,是颇耐人寻味的:

"刘备之自京还也,(孙)权乘飞云大船与张昭、秦松、鲁肃等十余人共追送之,大宴会叙别。昭、肃等先出,权独与备留语,(备)因言次,叹瑜曰:'周公瑾文武筹略,万人之英,顾其器量广大,恐不久为人臣耳!'瑜之破魏军也,曹公曰:'孤不羞走。'后书与权曰:'赤壁之役,值有疾病,孤烧船自退,横使周瑜,虚获此名。'瑜威声远著,故曹公、刘备咸欲疑谮之。"

刘备是枭雄,不说周瑜量小,反称他"器量广大",是在这位二舅子耳朵里塞进其人"恐不久为人臣",你要防着!此话想离间人家君臣骨肉;与早年对曹操说吕布不可留:"明公不见布之事丁建阳及董太师乎?"(见《魏书·吕布传》)如出一辙。曹操是奸雄,讳言败,说周瑜只是虚获胜利之名。其意若曰:你孙权别信任他。盖"曹操虑袁绍之难平,而卒与争衡者周瑜之一隅"(见王船山《读通鉴论》卷六)。除了不服输以外,未尝不想拔掉这一隅的钉子。明眼的看官,你想,曹刘两雄,尚且如此,他人更无论矣!好在这些"疑谮"之言,孙权丝毫没有听进去。

忆五十年代末,六十年代初,"为曹操翻案"曾经轰动一时;今为周郎叫屈,只是闲话一章耳。瑜也,何敢望曹!

"隆中对"与《出师表》

"隆中对"是诸葛亮为刘备拟定夺取根据地的战略决策,时在汉建安十二年(公元二〇七年),他才二十七岁。

《出师表》是他对刘禅"鞠躬尽瘁"之言,蜀汉建兴五年(公元二二七年)写的,他已是"两朝开济"的老臣了。

这一篇谈话记录和一封表章,都已成为千几百年来的传诵之文,诸葛亮又是贤哲,似乎无可非议的了。

"隆中对"主要是教刘备抢地盘——哪些地盘能抢和怎样抢:先取荆州,后取益州。曹操的,您目前动不得;孙权呢,可与联合。三言两语,可以尽之。

说起来荆州牧刘表和益州牧刘璋都是汉宗室,刘备的本家;刘表是汉末的名士,山阳高平(今山东金乡)人,《三国志》引《零陵先贤传》:"刘牧托汉室肺腑，处牧伯之任。"《后汉书》说他是"鲁恭王之后"，不是冒充皇亲的。刘璋是刘焉的儿子，江夏竟陵（今湖北潜江）人，《三国志·刘二牧传》说也是"汉鲁恭王之后裔"，这是可靠的。然则诸葛亮是教唆刘备去夺同宗的"基业"吗？不然！刘备是枭雄，当时就在荆州做客，未尝不有觊觎之心。得荆望蜀，势所必然，因为不能北上（曹操强大），不能东下（孙权是联合的对象），只有向西发展一途。客观上形势如此，就是诸葛亮不说，刘备乃至于换了张备、李备来，也会按照这个红格去描写，至于描得好坏，那是另一回事。

更有进者，枭雄是不回避夺取同宗基业之恶名的。何况诸葛亮更有"天与人归"之说：荆州是"此殆天所以资将军，将军岂有意乎？"益州"智能之士，思得明君"，那些人也是望将军您。您取荆、益，是"应天顺人"嘛！

隐居隆中的诸葛亮，原是第一流人才、第一等策士，他要估计他的言辞让听者觉得"正中下怀"。

说到得了荆、益，坐稳之后，"天下有变，则命一上将将荆州之军，以向宛洛；将军身率益州之众，出于秦州。……"这是诸葛亮的想法，刘备未必如此。所以也就说得弹性些,等"天下有变",才怎么怎么样。天下无变呢,他没有说,让刘备自己去琢磨。

但究竟是名言,也是明言,没有太多弯弯拐拐的话。

《出师表》当然也是名言,但却非明言,许多隐隐藏藏的话,不知那位阿斗皇帝,看得懂不?

"亲贤臣,远小人,此先汉所以兴隆也;亲小人,远贤臣,此后汉所以倾颓也。"当时谁是贤臣?当然指的是"侍中侍郎郭攸之、费祎、董允"以及"将军向宠",还有"尚书(陈震)、长史(张裔)、参军(蒋琬)"。谁是小人?诸葛亮没有说。

"不宜妄自菲薄,引喻失义,以塞忠谏之路也。"是谁妄自菲薄?引喻失义?……他也没有点名。

"宫中府中,俱为一体,陟罚臧否,不宜异同。若有作奸犯科,及为忠善者,宜付有司,论其刑赏,……不宜偏私,使内外异法也。"此中有人,呼之欲出,此人非别,就是阿斗。他是皇帝,先搞特殊,他的"宫中",偏不同于丞相"府中",宫中有"作奸犯科"的人,而处理有"偏私"。那末,上面所谓"小人"、"妄自菲薄"的人,也都是阿斗亲近的人。诸葛亮决不是心存厚道,扬善隐恶;分明是不能明说,不敢直说。似乎另有一股势力存在于当时的蜀都。由"先帝痛恨于桓、灵"来说，桓灵之世，无非是外戚之患和宦官之祸。阿斗之朝，没有擅政的外戚，他母亲甘夫人早死，甘家没有什么人；他妻子父亲是张飞，张家那时也没有人在朝；后来有个夏侯霸，是张皇后的从舅，那是由魏投降过来的，在蜀没有什么势力。所以，外戚这一层，用不着怀疑。那末，所指的是宦官了。"引喻失义"的当然是文人、史家。诸葛亮这番话，伏以后黄皓乱政，谯周劝降。但是，他给刘禅打的预防针，却未生效。

"隆中对"是纵横家之言；《出师表》是儒家谆谆之教。诸葛亮仅仅是法家吗？

初出茅庐第一计

罗贯中原本《三国志通俗演义》卷八之七《孔明遗计救刘琦》、之八《诸葛亮博望烧屯》,在毛氏改本里并为第三十九回《荆州城公子三求计,博望坡军师初用兵》。《博望烧屯》是较早的杂剧节目,写入演义,誉为"初出茅庐第一功"。准此,则公子三求得的计,可算诸葛亮"初出茅庐第一计"。

原来刘表跟袁绍一样:"有才而不能用,闻善而不能纳","外宽内忌","废嫡立庶"(陈寿的评语)。

《蜀书·诸葛亮传》:"刘表长子琦,亦深器亮。表受后妻之言,爱少子琮,不悦于琦。琦每欲与亮谋自安之术,亮辄拒塞,未与处画,琦乃将亮游观后园,共上高楼,饮宴之间,令人去梯,因谓亮曰:'今日上不至天,下不至地,言出子口,入于吾耳,可以言未?'亮答曰:'君不见申生在内而危,重耳在外而安乎?'琦意感悟,阴规出计。会黄祖死,得出,遂为江夏太守。"

《魏书·刘表传》:"表及妻爱少子琮,欲以为后,而蔡瑁、张允为之支党。乃出琦为江夏太守。众遂奉琮为嗣,琦与琮遂为仇隙。"

演义就是据此写的。

这里补充演义说一些刘、蔡、诸葛之间的关系。

刘表是名士,又是贵族,做了荆州牧,奄有今湖北、湖南、河南西南部和广东北部、广西东北部。但他不是政治家,虽具有雄厚的政治资本却不介入中原群雄逐鹿,因此,荆州是比较安定的。加上他注重教育,那时荆州风气已开,中原人士避乱南迁的不少,诸葛家就是其中之一。诸葛亮的少、青年时期,是在襄阳(刘表的荆州治所)度过的。诸葛亮的岳母和刘表的后妻是同胞姊妹(她们是蔡讽的女儿),那末黄承彦和刘表是"连襟",蔡夫人是诸葛亮的阿姨,刘琦和诸葛亮论"兼葭之谊"算是"老表"。这一点刘、蔡、诸葛三家人都会记得的。刘表是荆州最高首长,蔡家是襄阳望族,蔡夫人和她的弟弟蔡瑁,又是刘表最亲信的人。至于刘琦、刘琮,一般是刘表前夫人所生,蔡夫人何以偏爱于琮?关系在蔡夫人已将娘家侄女配琮，她当然希望刘琮做刘表的接班人。诸葛亮做了刘备军师，那就得承认刘表是上级，论戚谊，刘表是长辈——姨丈。诸葛亮以下级和姻晚辈而且是刘备的新干部身份，来介入人家骨肉之间，要帮刘琦解决问题，请看官们闭目冥思，是不好出主意的吧？

刘表对儿子之所以有偏心，完全是由于蔡夫人的爱恶。蔡瑁、张允（刘表的外甥），又不断地为刘琮说好话，造舆论；相反地，刘琦有一缺点，他们夸大为十分。这时刘表未死，刘琮已显然是未来的荆州主了。又已显然有一个蔡氏为主体的政治圈子。这个圈子，刘表死后便是最大的降曹派（加上蒯越、韩嵩、王粲），与刘备、刘琦、诸葛亮的抗曹派相对，划分界限。那是后话。

《襄阳耆旧传》："蔡瑁……少为魏武所亲。刘琮之败，魏武造其家，入瑁私室，见其妻子。……瑁家在蔡洲上，屋宇甚好，四墙皆以青石结角。婢妾数百人，别业四五十处。汉末诸蔡最盛。……"

可见蔡家早就与曹操有旧，声势烜赫。刘备尚不敢得罪他们，诸葛亮又将如何？

诸葛亮劝刘琦学重耳外出，未尝不含有将来回归，还可以像晋文公复兴晋国，称霸诸侯。不过刘琦没有这样的雄心壮志，他只求"自安之术"即避祸之计。诸葛亮为他设计是退让——其中包含有以退为进的长远之策，以缓和当时对蔡氏集团的矛盾，而在父子之间，兄弟之间，又不失孝悌之道。此计为刘琦所接受、刘备所欣赏，殊不知更收效于未来也。

刘琦做江夏太守，带走了刘表的军队万人，这一万人就是次年赤壁之战那场政治赌博中刘备的一半本钱，《诸葛亮传》："今战士还者及关羽水军精甲万人，刘琦合江夏战士亦不下万人。"加上孙权的主力三万人，以五万对曹兵五十万，以少胜多，以弱击强，成为战史上的光辉范例。刘备如果没有刘琦的江夏，则一点根据地也没有，成为"流寇"了。然则赤壁之战，刘琦之功，亦不可没。

赤壁战后，"先主表琦为荆州刺史"（《先主传》），虽然是傀儡刺史，而且只有四郡，但总强于刘琮去做曹操的俘虏。

"诸葛亮舌战群儒"

这也是现成的回目,见罗氏原本《三国志通俗演义》卷九之五,毛氏改本《三国演义》第四十三回上。演义中有此回,志书中无此记载。是小说家凭想象、推理写出的。

"群儒"者,张昭、虞翻、步骘、薛综、陆绩、严畯、程秉也。还有张温、骆统……来不及发言问难。这些文士都是东吴的"鸽派",说得不客气点,是投降派。他们见"鹰派"——抗战派的鲁肃引来的"说客"诸葛亮,怎不掀起激烈的论争!因为对于和战问题之争,是决定东吴命运的。他们料到,诸葛亮无疑是"鹰派"的煽动者,想"火中取栗"的空空妙手。

当时曹操与孙权书:"近者奉辞伐罪,旌麾南指,刘琮束手。今治水军八十万众,方与将军会猎于吴。"他把孙权当小孩,视吴人皆无胆者,这是恫吓性的"哀的美敦书"。据《三国志·吴主传》注引《江表传》:"权得书以示群臣,莫不响震失色。"《吴主传》又有"诸议者皆望风生畏,多劝权迎之"语。《江表传》由后来回顾当年,"权既即尊位,请会百官,归功周瑜;昭举笏欲褒赞功德,未及言,权曰:'如张公之计,今已乞食矣!'昭大惭,伏地流汗。……盖以昔驳周瑜、鲁肃等议非也。"因为"惟瑜、肃执拒之议,意与权同"。周瑜、鲁肃是"鹰派",孙权是偏听鹰派的,自然是鹰派的头头。当时东吴基本上是"文要降、武要战,纷纷不定"。

《三国志》的注者裴松之以为"张昭劝迎曹公,……若使昭议获从,则六合为一,岂有兵连祸结、遂为战国之弊哉!虽无功于孙氏,有大当于天下矣。……"见仁见智,亦是一种看法。果真如此,那就当日之域中,早是曹家之天下,罗贯中将没有什么好写的,在下亦无从说三分了。

罗氏写这一回,恐怕还是根据《资治通鉴》卷六十五:"长史张昭曰:'曹公,豺虎也。挟天子以征四方,动以朝廷为辞,今日拒之,事更不顺。且将军大势可以拒操者,长江也;今操得荆州,奄有其地,刘表治水军，蒙冲斗舰，乃以千数，操悉浮以沿江，兼有步兵，水陆俱下，此为长江之险已与我共之矣，而势力众寡义不可论，愚谓大计不如迎之。'"

这一段话，不见于《三国志·张昭传》，是同书《周瑜传》中引"鸽派"的议论，司马光把它属之张昭。《三国志》中的"诸议者"即《资治通鉴》中"张昭等"，此即小说家所本。

这一回写诸葛亮的舌战中，口若悬河，辩才无碍，好看煞人。虽然除了张昭以外，许多人的话都是小说家编造的，无中生有，但读者宁信其有，不信其无。

想象之词，司空见惯；惟"推理小说"，似在二十世纪六十年代始崛起为雄，号称新流派；未料十四世纪的中国，小说家已创此手法，且运用得这般熟练，是可惊的成就。

"周瑜打黄盖"及其他

俗话常说:"周瑜打黄盖,一个愿打,一个愿挨。"言其两厢情愿彼此默契也。此典出于戏剧,戏剧则本自小说。皮黄剧常在演《群英会》之后,接着便是《打盖》,《借箭》,最后是《祭东风》,皆好节目,看官已熟知了,何须在下饶舌。

然查陈寿《三国志》,不论在《周瑜传》,还是在《黄盖传》中,此事均不见记载。赤壁火攻破曹,应算黄盖首功,因为他是献计者与执行者,《周瑜传》云:"时曹公军众已有疾病,初一交战,公军败退,引次江北,瑜等在南岸。瑜部将黄盖曰:'今寇众我寡,难与持久。然观操军船舰首尾相接,可烧而走也。'乃取蒙冲斗舰数十艘,实以薪草,膏油灌其中,裹以帷幕,上建牙旗,先书报曹公,欺以欲降。又预备走舸,各系大船后,因引次俱前。曹公军吏士皆延颈观望,指言盖降。盖放诸船,同时发火。时风盛猛,悉延烧岸上营落。顷之,烟炎张天,人马烧溺死者甚众,军遂败退,还保南郡。(刘)备与瑜等复共追。曹公留曹仁等守江陵城,径自北归。"

又《江表传》:"至战日,盖先取轻利舰十舫,载燥荻枯柴积其中,灌以鱼膏,赤幔覆之,建旌旗龙幡于舰上。时东南风急,因以十舰最著前,中江举帆,盖举火白诸校,使众兵齐声大叫曰:'降焉!'操军人皆出营立观。去北军二里余,同时发火,火烈风猛,往船如箭,飞埃绝烂,烧尽北船,延及岸边营柴。瑜等率轻锐寻继其后,擂鼓大进,北军大坏,曹公退走。"

《江表传》录有黄盖致曹操的诈降书,不言是阚泽投递的。"连环计",也用不着庞统,原是"操军船舰首尾相接"。至于"祭东风",更无其事。要说有,也只能说是诸葛亮识天文、懂气象学而已。

回头再说到《群英会》,那个蒋干也并非"面酱"、"窝囊",不过戏里把他派为丑角,与雉尾生裘带雍容的周郎相对成趣,那是编戏的艺术手段。

据《江表传》载:"干有仪容,以才辩见称,独步江、淮之间,莫与为对。"分明也是一个漂亮人物，可能他比周郎还年轻，周对他说："岂足下幼生所能移乎？""幼生"二字可证。周瑜揭破他想为曹操做说客，"干但笑，终无所言。干还，称瑜雅量高致，非言辞所能间。"亦无"盗书"之事。

至于"借箭"，本是孙权的急智，那是赤壁之战以后的事，《三国志·吴主传》引《魏略》："权乘大船来观军，（曹）公使弓弩乱发，箭著其船，船偏重将覆，权因回船，复以一面受箭，箭均船平，乃还。"这不是为了借箭，而是怕翻船。小说家让"孙冠葛戴"，后事移前，编造了草船借箭的故事。戏演得诸葛亮视曹军如无物，以衬鲁肃之张皇失措，不在唱腔，而在做工，由此可见，戏剧情节之动人，甚于小说及正史之列传也。

铜雀春深何关二乔

杜牧《赤壁》诗云：

> 折戟沉沙铁未销，
> 自将磨洗认前朝。
> 东风不与周郎便，
> 铜雀春深锁二乔。

可见唐人已有这样的认识：如果赤壁之战，没有东风，周郎将不能火攻取胜；曹操就会把江东的乔氏姐妹作为他的战利品，载归铜雀台了。

"咏史""怀古"一类的诗，不是历史。正如以历史为题材的小说，哪怕是标榜为"历史小说"的，也不是历史。看来诗人是信口开河，小说家更变本加厉，多少读者，被他们瞒过了。

《三国志·魏书·武帝纪》：建安"十五年……冬作铜雀台"。然则建台之事，在赤壁战后整整两年，曹操受汉封为魏公，"九月作金虎台，凿渠引漳水入白沟以通河"。其后又作冰井台，可能有二桥与铜雀台相连。故赋中这几句伪辞（这是诸葛亮念的，不是曹植写的，真赋见后），先有"立双台于左右兮，有玉龙与金凤"，紧接着才是"揽二桥于东南兮"云云。这东南似指二桥的方位，不是指二乔所在的江东江南。姑妄听之，姑妄辩之。

又按：乔姓之乔，《三国志》、《后汉书》均作"桥"，而口头念来是同音的。不管诸葛亮用山东话还是用襄阳话念给周瑜听，都用不着省去"木"字旁。

桥玄是曹操师友之间的故人，他是最早赏识曹操的，《武帝纪》"玄谓太祖曰：'天下将乱，非命世之才，不足济也。能安之者，其在君乎！'"又对操说："吾见天下名士多矣，未若君者也。君善自持。吾老矣，愿以妻子为托。"曹操更是尊重桥玄的。建安七年，官渡之战前，还"遣使以太牢祀桥玄"，祭文有"吾以幼年，逮升堂室，特以顽鄙之资，为大君子所纳。增荣益观，皆由奖助。……士死知己，怀此无忘！……"等语，是很真挚而沉痛的。他纵是好色，也不会垂涎到"以妻子为托"的故人遗孤。(在下要提醒看官，这时两女已经年过三十，又都是有儿有女的妇人了。)由曹操对待蔡邕之女蔡文姬，可以例见这位"奸雄"别有风义的一面。曹操要取二乔之说，是难以置信的。

赤壁之战那一年，曹植刚十六岁。《铜雀台赋》可断言不是他十五岁以前的作品，也不可能是刚建铜雀台以至又建金虎台时写的。更不是诸葛亮从别的赋句移来以骗周瑜，而是演义作者编造这几句以娱看官罢了。(罗氏原本《三国志通俗演义》说铜雀台是曹操预筑，尚未成，曹植是预赋，早成，比较能自圆其说。)

但查《曹子建集》，只有《登台赋》，并没有说登铜雀台，亦不触及"二桥"。其全文是——"从明后之嬉游，聊登台以娱情。见大府之广开，观圣德之所营。建高殿之嵯峨，浮双阙乎太清。立冲天之华观，连飞阁乎西城。临漳川之长流，望众果之滋荣。仰春风之和穆，听百鸟之悲鸣。天功恒其既立，家愿得而获呈。扬仁化于宇内，尽肃恭于上京。虽桓文之为盛，岂足方乎圣明。休矣美矣，惠泽远扬。翼佐皇家，宁彼四方。同天地之矩量，齐日月之辉光。"(据上海涵芬楼影

印宋大字本）

从"明后"、"桓文"、"翼佐皇家"（谓辅弼汉室）这些辞语看，是曹植中年的作品。那时他父亲曹操已进封魏王，事在建安廿一年，曹植此赋，成于建安廿一年后，演义把这赋中段添入八句，末段又添八句，改动了一些字眼（有的显然是错字），朗诵为"兮兮调"口气，稍一含糊，如"翼佐皇家"变为"翼佐我皇家兮"，便成了"赋中之意，单道他家合为天子，誓取二乔"了，可谓偷天换日。这套魔术耍得好，且为杜牧的诗作了伪证。读者于此不可不察。

赤壁之战的尾声

赤壁之战，今本《三国演义》用了八个半回目（从《刘豫州败走汉津口》起）、四十万字的篇幅来描写这一战役，比这之前的袁、曹官渡之战，这之后的孙、刘夷陵之战更出色，成为本书最精彩的一部分，真所谓好看煞人！其中许多细节，虽属虚构，然亦言之成理。这是从来为读者所乐道的。

本来双方作战，从作战计划到战争行动，任何战略防御、退却或进攻，不论是组织序战或一场会战到最后决战，都是保密的。敌方往往是被蒙在鼓里，己方除了指挥员外或亦不使众周知（除了作战争总结）。千载以后的人，怎能了如指掌呢？罗贯中写它，只能根据大事记与一些七零八碎的材料（包括文字的、口头流传的、和自己的一些军事知识——罗氏曾参加元末起义的张士诚军），凭小说家的想象力来发挥。

所以，赤壁之战尽管写得动人，"七实三虚"都够不上，相反地，至多"三实七虚"。

倒是赤壁之战的两个尾声似余音绕梁，颇耐人寻味，而又是有所本的。可惜作者没有处理好。

一个是《诸葛亮智算华容，关云长义释曹操》。

《三国志·魏书·武帝纪》注引《山阳公载记》："（曹）公船舰为备所烧，引军从华容道步归，遇泥泞，道不通，天又大风，悉使羸兵负草填之，骑乃得过。羸兵为人马所蹈藉，陷泥中，死者甚众，军既得出，公大喜。诸将问之，公曰：'刘备，吾俦也，但得计少晚，向使早放火，吾徒无类矣！'备寻亦放火，而无所及。"演义先写赵云堵击，"火光竟天而起"，曹操"冒烟突火而去"；最后写关羽"截住去路，操军见了，亡魂丧胆，面面相觑"，原来"操回顾只有三百余骑随后，并无衣甲袍铠整齐者"，不能突围，只能哀求关羽，动以旧情，结果获得了对方的"义释"。关羽情愿自己受违令的处分，经过刘备讲情了结。

这是诸葛亮故意安排的，当关羽立下了军令状去华容道埋伏以后，"玄德曰：'吾弟义气深重，若曹操果然投华容道去时，只恐端的放了。'孔明曰

'亮夜观乾象，操贼未合身亡。留这人情，教云长做了，亦是美事。'"这未免把前面所写赤壁之战当作"儿戏"！为了要写关羽的"义气"，就把诸葛亮写得"妖气"了。

如果认为是诸葛之计——留下曹操以牵制东吴，使孙权、周瑜不敢乘战胜之势以全力来争荆州；要争，也只有在谈判桌上。这样放走曹操，就深刻了。

曹操兵败过华容，有史书为证。"义释"云云，则是乌有子虚之事。无论陈寿《三国志》中《武帝纪》或《关羽传》皆无之。与其写"义释"，不如写战略上的纵敌，更符合当时的形势。

另一个尾声是曹操哭郭嘉。

郭嘉是曹操的谋士，在擒吕布、料孙策、灭袁术、破袁绍、征乌丸、定辽东，都为曹操划策，无役不与。他在曹操下江南的昨年死去，亡年三十八岁。曹操既脱华容之难，回到南郡，仰天大恸，"吾哭郭奉孝耳！若奉孝在，决不使吾有此大失也。……众谋士皆默然自惭"。这与《三国志·魏书·郭嘉传》相同，惟"众谋士皆默然自惭"，似小说家顺手给曹营众谋士脸上抹黑。其实曹操这一哭，他的潜意识里是痛定思痛，由战场上的敌手想到自己的年轻助手。

曹操当时已是老于用兵且有赫赫之名的人，年龄已五十四岁（古人计算年龄，都从虚岁，下同），是孙权们的长辈。赤壁之战却败在他的后辈一批青年手里，那时——建安十三年，荆吴联盟的重心、联军的统帅孙权，不过二十八岁；作为荆方的代表、驻吴参与决策定计的诸葛亮，也才二十八岁；前敌总指挥、都督水陆两军的周瑜，三十四岁；穿针引线促成孙刘联合战线的鲁肃，三十七岁。因类以求，由此及彼，故曹操想到死去不久的郭嘉也。

倘是细加推理，这个尾声还可以写得更入情吧。

尾声既毕，戏作一偈：

义释何若纵敌？
青年定胜老瞒。
作家或不此写，
读者可如是观。

刘备与孙夫人

赤壁战后,荆吴结亲——刘备娶孙权的小妹,当然是政治婚姻。当时续弦的刘备已四十九岁,初嫁的孙氏比他小三十岁,论年龄,是很不相配的。

她叫孙仁,跟她四个哥哥,策、权、翊、匡一样,都是排单名。"孙尚香"是编戏的替她取的。关于这件婚事,在《三国志·蜀书·先主传》中仅有寥寥数笔:"(刘)琦病死,群下推先主为荆州牧,治公安。权稍畏之,进妹固好。先主至京见权,绸缪恩纪。"(时在建安十四年)

京剧乃有《甘露寺》、《回荆州》几出戏,皆本元人杂剧《隔江斗智》及小说《三国志演义》。剧中刘备得"乔国老"之助,预用乌须药染黑胡须。其实"先主无须",语见《蜀书·周群传》,有张裕者,其人多须,刘备引用"诸毛绕涿"一语嘲之(涿郡东西南北,特多毛姓,这里以"诸"谐音"猪"、"涿"谐音"啄")。张裕引潞州长迁涿州长者称"潞涿君"(谐音"露啄君")语反嘲刘备,足见刘备入蜀以后,还是无须,受人嘲弄。刘备因此恨张裕,后来借故把他杀了。

演义和京戏中所出现的"乔国老"其人,即桥玄。据《后汉书·桥玄传》:"玄以光和六年卒,时年七十五。"即早于刘孙结亲前二十六年已作古了。那时孙权才一岁,他妹妹还未出世。此刻在"龙凤呈祥"中,岂不是出鬼吗?我们只能当作"天赐良媒"让圣诞老人登场罢了。就是孙母吴国太,也早在建安七年死了,怎么能活来主婚?甘露寺是孙权的孙子孙皓甘露元年才建筑的,如何又出现在此相婿?

话说这位孙小姐,原不是等闲之辈,她家据江东霸业,已经三世,她当然是江东第一小姐,嫁到荆州,又是皇叔第一夫人。"娇""骄"两字是俱有的,加上绮年玉貌,又有才识,还负有特殊使命,来做刘备的工作乃至于钳制刘备的。刘备君臣,很难对付她。《蜀书·法正传》:"初孙权以妹妻先主,妹才捷刚猛,有诸兄之风。侍婢百余人,皆亲持刀侍立。先主每入,衷心常懔懔。"看来刘备是有几分怕老婆的。又，诸葛亮云："主公之在公安也，北畏曹公之强，东惮孙权之逼，近则惧孙夫人生变于肘腋之下。"这就更有几分疑她和防她了。所以刘备进军益州时，特留赵云在荆州为留营司马。"此时先主孙夫人以权妹骄豪，多将吴吏兵，纵横不法。先主以云严重，必能整齐，特任掌内事。"果然，"权闻备西征，大遣舟船迎妹。而夫人内欲将后主还吴，云与张飞勒兵截江，乃得后主还"（《蜀书·赵云传》注引《赵云别传》）。《二主妃子传》注引《汉晋春秋》亦云："先主入益州，吴遣迎孙夫人。夫人欲将太子归吴，诸葛亮使赵云勒兵断江，留太子，乃得止。"这就是演义六十一回《赵云截江夺阿斗》所本。看官们可以想见，诸葛亮不动声色注意于后，赵云出入防范于前，他们随时都是提心吊胆的。

孙夫人为什么要带走阿斗？无非是东吴想搞到一个"人质"。结果人质弄不到手，孙夫人一回娘家，便永远与刘备劳燕分飞了。

这种扣留人质的想法，东吴原是在刘备本身上打主意的。《蜀书·庞统传》注引《江表传》："先主与统从容宴语，问曰：'卿为周公瑾功曹，孤到吴，闻此人密有白事，劝仲谋相留，有之乎？在君为君，卿其无北,特多毛姓,这里以"诸"谐音"猪"、"涿"谐音"啄")。张裕引潞州长迁涿州长者称"潞涿君"(谐音"露啄君")语反嘲刘备,足见刘备入蜀以后,还是无须,受人嘲弄。刘备因此恨张裕,后来借故把他杀了。

演义和京戏中所出现的"乔国老"其人,即桥玄。据《后汉书·桥玄传》:"玄以光和六年卒,时年七十五。"即早于刘孙结亲前二十六年已作古了。那时孙权才一岁,他妹妹还未出世。此刻在"龙凤呈祥"中,岂不是出鬼吗?我们只能当作"天赐良媒"让圣诞老人登场罢了。就是孙母吴国太,也早在建安七年死了,怎么能活来主婚?甘露寺是孙权的孙子孙皓甘露元年才建筑的,如何又出现在此相婿?

话说这位孙小姐,原不是等闲之辈,她家据江东霸业,已经三世,她当然是江东第一小姐,嫁到荆州,又是皇叔第一夫人。"娇""骄"两字是俱有的,加上绮年玉貌,又有才识,还负有特殊使命,来做刘备的工作乃至于钳制刘备的。刘备君臣,很难对付她。《蜀书·法正传》:"初孙权以妹妻先主,妹才捷刚猛,有诸兄之风。侍婢百余人,皆亲持刀侍立。先主每入,衷心常懔懔。"看来刘备是有几分怕老婆的。又，诸葛亮云："主公之在公安也，北畏曹公之强，东惮孙权之逼，近则惧孙夫人生变于肘腋之下。"这就更有几分疑她防她了。所以刘备进军益州时，特留赵云在荆州为留营司马。"此时先主孙夫人以权妹骄豪，多将吴吏兵，纵横不法。先主以云严重，必能整齐，特任掌内事。"果然，"权闻备西征，大遣舟船迎妹。而夫人内欲将后主还吴，云与张飞勒兵截江，乃得后主还"（《蜀书·赵云传》注引《赵云别传》）。《二主妃子传》注引《汉晋春秋》亦云："先主入益州，吴遣迎孙夫人。夫人欲将太子归吴，诸葛亮使赵云勒兵断江，留太子，乃得止。"这就是演义六十一回《赵云截江夺阿斗》所本。看官们可以想见，诸葛亮不动声色注意于后，赵云出入防范于前，他们随时都是提心吊胆的。

孙夫人为什么要带走阿斗？无非是东吴想搞到一个"人质"。结果人质弄不到手，孙夫人一回娘家，便永远与刘备劳燕分飞了。

这种扣留人质的想法，东吴原是在刘备本身上打主意的。《蜀书·庞统传》注引《江表传》："先主与统从容宴语，问曰：'卿为周公瑾功曹，孤到吴，闻此人密有白事，劝仲谋相留，有之乎？在君为君，卿其无隐。'统对曰：'有之。'备叹息曰：'孤时危急，当有所求，故不得不往，殆不免周瑜之手。天下智谋之士，所见略同耳！时孔明谏孤莫行，其意独笃，亦虑此也。孤以仲谋所防在北，当赖孤为援，故决意不疑。此诚出于险途，非万全之计也。'"在演义五十五回中有周瑜致书孙权，设谋软困刘备一段话，大概就是由此而来，也与《吴书·周瑜传》相符。

孙夫人既还吴，刘备就在成都另娶了吴夫人——刘瑁的遗孀。这时东吴袭取荆州，关羽败亡，吴蜀一度成为敌国。孙刘两家的政治婚姻，原是想巩固两家联盟的，也破裂了。夷陵之战刘备失败以后，孙权遣使请和，联盟初步恢复，但"鸳梦"已不能"重温"了。

政治婚姻，没有爱情基础，只算是一场戏而已。"舞台妆卸罢，同是陌生人。"可哀的是孙夫人，做了她哥哥的牺牲品。

附识：此文发表日恰逢圣诞节

曹操的女婿

建安十八年（公元二一三年）秋，曹操将三个女儿——曹宪、曹节、曹华，献给汉帝，想必这是曹操杀了受"衣带密诏"的董承，并株连其女董贵妃之后，给献帝以三抵一的"补偿"吧。献帝封她们为贵人。据《三国志·魏书·后妃传》，贵人魏称贵嫔，是皇帝的高级小老婆，其身份、地位仅次于皇后。次年，曹操酖杀了皇子二人，并把他们的母亲伏皇后幽禁致死。又次年，曹节就被立为皇后。这样一来，曹操不仅是汉丞相、魏公，而且是汉天子的丈人了（当他女儿未进位皇后，曹操尚不能把献帝刘协视作女婿）。

说到曹操的女婿，本来另有两位待选者：一位是才子丁仪，一位是神童周不疑。丁仪是曹植的死党，周不疑是曹冲的好友。曹操倘得丁、周二人为婿，自己以"老伯"身份进而为丈人，当是很自然的事，历史上也许会留下一段佳话。然而婚姻不成，周不疑先把性命送掉。

《零陵先贤传》："周不疑字元直，零陵人。幼有异才，聪明敏达。太祖欲以女妻之，不疑不敢当。太祖幼子仓舒（曹冲）夙有才智，谓可与不疑为俦。及仓舒卒，太祖心忌不疑，欲除之。文帝（曹丕）谏以为不可。太祖曰：'此人非汝能驾御也。'乃遣刺客杀之。"

按：不疑死时在建安十三年曹冲死后不久，可能是年末，也可能是十四年死的，不疑才十七岁。这时，曹操既大败于赤壁，又丧爱子于许都，迁怒之下，周不疑就做了牺牲品。

在唐人的著述里，还残存着有关周不疑的记载。如《北堂书钞》卷一一八："曹操攻柳城不下，图画形势问计策，周不疑进十计，攻城即下。"又如《艺文类聚·祥瑞部》引周不疑作《白雀颂》云。

可见，周不疑小小年纪，文能作赋，武能用兵，确是不凡，曹操择婿，是很有眼光的。不肯做曹家姑爷，即杀之，更是奸雄本色。

另一位想做曹家姑爷而不得的丁仪，却被曹丕杀了。《三国志·魏书·陈思王传》:"文帝即王位,诛丁仪、丁廙,并其男口。"注引《魏略》:"丁仪字正礼,沛郡人也。"他的父亲丁冲,与曹操是旧交。曹操听说这位故人之子是佳士,"欲以爱女(清河公主)妻之,以问五官将(即五官中郎将曹丕),五官将曰:'女人观貌(看对方的容貌美不美),而正礼目不便(丁仪眼睛有缺陷——目眇),诚恐爱女未必悦也。以为不如与伏波子楙(伏波将军夏侯惇之子夏侯楙)。'太祖从之。"这样,夏侯楙本是曹操的族侄(曹操父亲本姓夏侯,过继给太监曹家为子,曹操与夏侯楙原是从兄弟),却做了魏国驸马。若论封建社会的礼法,或者现在的婚姻法,曹操都是违法的。因为他们明明是同姓,又还在五服之内。

且说丁仪做了丞相的掾(属吏),曹操与之接谈,听其议论,大加赏识。曹操说:"丁掾,好士也。即使其两目盲,尚当与女,何况但眇?是吾儿误我!"原来曹操选婿,重才不重貌,与其子女异趣。丁仪也因为不得尚公主,遂恨曹丕而更亲近曹植。曹操死后,曹丕袭王位,就贬了曹植,杀了二丁,事在汉延康元年(公元二二〇年)。那已是魏国统治者内部的政治斗争,无关那位清河公主了。

至于清河公主嫁了夏侯楙以后,并不是好姻缘。膏粱子弟夏侯楙由于少时与曹丕交好,曹丕即位后,给他做安西将军,都督关中。"楙性无武略,而好治生,……在西多蓄伎妾,公主由此与楙不和。……"(据《魏略》)

清河公主是曹操的长女,名字待考。曹操还有哪些女儿?《三国志》均无明文,此亦古史官重男轻女之一例也。

曹娥碑·曹操·杨修

《后汉书·列女传》:"孝女曹娥者,会稽上虞人也。父盱,能弦歌为巫祝,汉安二年五月五日,于县江溯涛迎婆娑神,溺死,不得尸骸。娥年十四,乃沿江哭,昼夜不绝声,旬有七日,遂投江而死。至元嘉元年,县长度尚,改葬娥于江南道傍,为立碑焉。"唐·李贤注引《会稽典录》:"上虞长度尚弟子邯郸淳,字子礼,时甫弱冠,而有异才,尚先使魏朗作曹娥碑,文成未出。……因试使子礼为之,操笔而成,无所点定,朗嗟叹不暇,遂毁其草。其后蔡邕又题八字曰:'黄绢幼妇,外孙齑臼。'"

范晔不愧良史,记人记事,不蔓不枝。李贤注引,补史之不足。这样我们就知道了曹娥其人和曹娥碑的遗事。

与范晔同为南朝宋人的刘义庆,著《世说新语》,

在《捷悟》篇却说:"魏武尝过曹娥碑下,杨修从碑背上见题作'黄绢幼妇,外孙齑臼'八字。魏武谓修曰:'解否?'答曰'解。'魏武曰:'卿未可言,待我思之。'行三十里,魏武乃曰:'吾已得。'令修别记所知(各自写出)。修曰:'黄绢',色丝也,于字为'绝';'幼妇'少女也,于字为'妙';'外孙',女子也,于字为'好';'齑臼',受辛也,于字为'辞'(辞字古写作辤),所谓'绝妙好辞'也。魏武亦记之与修同。乃叹曰:'我才不及,乃觉三十里。'(行三十里后才觉悟)"

这个故事是脍炙人口的。梁·刘孝标注也节引《会稽典录》,但却指出刘义庆所记的一个不合史实的大漏洞:"按曹娥碑在会稽中,而魏武、杨修未尝过江也。"(以上据明嘉靖刻本《世说新语》)

曹娥碑在浙江上虞,在汉时属会稽郡。曹操赤壁之战败北,平生未越过长江,如何来到上虞观碑?

小说家把它改写了,这故事便合情合理。它写曹操兵出潼关,路过故人蔡邕庄上,邕死后其女蔡琰(文姬)原是曹操向南匈奴赎回的,另配夫董祀(《三国演义》误作董纪。《三国志通俗演义》不误,传是罗贯中原本)。"时董祀出仕于外,只有蔡琰在家,琰闻操至,忙迎接,操至堂,琰问起居,侍之于侧。操偶见壁间悬一碑文图轴,起身观之,问于蔡琰,琰答曰:'此乃曹娥碑也。……妾父蔡邕闻而往观,时日已暮,乃于暗中以手摸碑文而读之,索笔大书八字于其背,后人镌石,并镌此八字。'操读八字云'汝能解否?'琰曰:'虽先人遗墨,妾实不解其意。'操回顾众谋士曰:'汝等解否?'众皆不能答。于内一人出曰:'某已解其意。'操视之,乃主簿杨修也。操曰:'卿且勿言,容吾思之。'遂辞了蔡琰,引众人出庄。上马行三里,忽省悟。笑谓修曰:'卿试言之。'修曰:'此隐语耳。……总而言之,是绝妙好辞四字。'操大惊曰:'正合孤意。'众谋士叹羡杨修才识之敏。"(《三国演义》第七十一回)

这样不仅把《世说新语》的漏洞填补,而且死蛇耍得活,读者不得不佩服小说家使用旧材点铁成金。更有进者,在率"四十万"之众出征汉中的途中,插此闲笔,更觉得荼火军容之际,忽有佳会,读古碑拓本,赏隐语廋辞,片刻之谈,娓娓动人。不须另写一回以传了。

不过演义写"邯郸淳时年十三岁,文不加点,一挥而就",较《会稽典录》说邯郸淳"时甫弱冠"

（十九岁）减小了年龄；又，曹操"上马行三里，忽省悟"，较《世说新语》"乃觉三十里"缩短了里程；那是小说家想突出邯郸淳的早慧，和曹操不比杨修差太多。这种"减年法"和"缩地法"是小说家的惯技。

明代大画家戴进曾绘有魏武看碑图，清诗人沈德潜曾题之，序云："魏武未尝渡江，看碑会稽之上虞，其事莫须有也。"诗结尾转到杨修身上："……此文传是蔡邕赞，敏绝杨修识黄绢。老瞒心异伏兵机，就烹先在能鸣雁①。聪明受患古今同，画师微意传毫翰。吁嗟乎！才子谕则戕其身，爱深舐犊空伤神②。何如投江抱尸知有父，碑虽漫灭③心常存。"是说曹操之杀杨修，早已伏机如此云，与罗贯中语"此时操恶杨修之才高出于己，而有杀修之意"相同。（见《三国志通俗演义》卷之十五。《三国演义》无之）小说家、诗人都比画士高明，前者为古人打圆场；后者不骂题，却说开去，想到杨修之死。都是锦心绣口。戴进虽画得好，终是笨伯！

注释：

① 用《庄子》典。庄子到朋友家做客，主人叫杀雁（鸭）为肴，他家

有两只雁,一能鸣,一不能鸣。仆人请示杀哪一只,主人说:"杀不能鸣者"。此反用其意。

② 谓杨修父亲杨彪有"舐犊之爱"。

③ 曹娥碑早不存,稍后有晋人王羲之帖,更后有宋人蔡卞书碑。由来碑帖考证著录,颇多歧异。沈诗"碑虽漫灭",亦含糊其词耳。

关于《杨修之死》

中学语文课本中《杨修之死》，选自《三国演义》。《三国演义》是清初毛宗岗根据罗贯中原本《三国志通俗演义》改过的。其中人物、故事、情节等什九相同；尊刘汉、抑曹魏的态度也基本相同，《三国演义》则更表现得鲜明些，书中写真人真事，虽本陈寿的《三国志》，但小说与正史是有距离的。清代学者章学诚认为是"七实三虚"，即七分实事，三分虚构。惟这段《杨修之死》，却是真人真事，与正史无多殊异。载《三国演义》第七十二回下《曹阿瞒兵退斜谷》，即《三国志通俗演义》卷十五第四节《曹孟德忌杀杨修》。

杨修是怎样一个人？

陈寿的《三国志》把他附在《魏书·王粲传》中，范晔的《后汉书》也是附在《杨震列传》末。

他是杨震的玄孙,杨彪的儿子。杨震做过太尉,杨彪也是太尉,还当过司空,杨震的儿子杨秉,孙杨赐,都是东汉时的太尉。《后汉书》云:"自震至彪,四世太尉。"杨家自西汉初杨喜受封赤泉侯以来,到杨修已八世,他家是高级士族。曹操出身卑微,是"阉宦"(太监)之后。阉宦怎么会有后代呢?原来曹操的父亲是夏侯家之子过继给曹氏的。曹操为了要打天下,就得争取高门世族的人来合作,以资号召,不论帮忙、帮凶、帮闲,都好;当然,帮忙的最需要。当时与杨家齐名的是袁氏,就是曹操初期最大的政敌袁绍。他家是"四世五公",因此高级和中级士族很多都去归附袁绍。由于中原扰攘,有一些则南下荆州依托既是名士又号称汉室宗亲的刘表,在曹操那里的并不多,因为他们看不起曹操。杨氏父子是忠于汉室的,而汉帝(刘协)在曹操掌握之中,杨彪始终跟着汉帝,杨修便当了丞相主簿(曹操的秘书)。

建安十八年(公元二一三年),曹操已称魏公;二十一年,进封魏王;来投奔他的人已渐渐多了——包括过去曾归附袁绍的、依托刘表的……但杨彪是汉室的元老重臣,名望素高;杨修是才子,又是曹操爱子曹植的好友;他们父子还是受到曹操的器重。二十四年，曹操与刘备争夺汉中，不胜，退兵。当曹操将放弃汉中，满肚皮不高兴，正在懊恼而又彷徨之际，杨修却识破他"鸡肋"之意，传扬了出去，算是泄密，便以"造谣乱我军心"罪状处死。

杨修仅仅是为"鸡肋"事故而被杀吗？《三国演义》已有交代："原来杨修为人恃才放旷，数犯曹操之忌"，如猜中曹操"阔"、"合"字谜，点破曹操伪梦杀人；最关键处即最遭忌处是做了曹植党羽。曹丕、曹植争做曹操的接班人，已各树党结帮，兄弟之间，矛盾很大，斗争颇烈，但都瞒着曹操，彼此使的都是"阴着"。如课文所选这一段举出的曹丕密请吴质入内府议事，杨修探得，报告了曹操；吴质便教曹丕"用大簏装绢再入以惑之"。又如曹操欲试丕、植之能，"令各出邺城门，却密使人吩咐门吏，令勿放出。曹丕先至，门吏阻之，丕只得退回"；曹植却说："吾奉王命，谁敢阻挡？"即斩门吏。"于是曹操以植为能。"这是杨修教的。杨修还为曹植"押题"，预拟答案，"但操有问，植即依条答之"。后来被曹丕揭发了。还有《演义》外的，如建安"二十四年，曹仁为关羽所围，太祖（曹操）任植为南中郎将行征虏将军，欲遣救仁，呼有所敕戒，植醉不能受命，于是悔而罢之"

(见《三国志·魏书·陈思王传》注引《魏氏春秋》)，是曹丕灌醉他的。这手"阴着"，《演义》没有写。《演义》也不能什么都写，我也不能离题太远多饶舌，只增举一个事例，以供教学上参考。

现在仍回到题上说杨修。

在《三国演义》第七十一回，已有一段写曹操与杨修同观曹娥碑文，有蔡邕题八字云："黄绢幼妇，外孙齑臼。"杨修很快解得这是"绝妙好辞"的隐语——拆字谜，曹操"上马行三里"才省悟。（故事见《世说新语》，原是三十里乃觉。）《三国志通俗演义》卷之十五第一节已先说过："此时操恶修之才高出于己，而有杀修之意。"（请参看前文《曹娥碑·曹操·杨修》）

曹操爱才，也忌才。因才被祸的多矣，何况杨修的才竟用到干预其家国事来，所以非杀之不可。

杨修是袁绍的外甥，这一层关系，曹操不会忘记。大概也想到（实际上是贾诩提醒他）袁绍"废长立幼"，以致袁氏兄弟俱败亡。这时曹操已决定立曹丕为王太子（曹操长子曹昂已亡，丕是老二，植是老四），当然"拥植派"先要剪除。杨修就碰在刀口上，杨修死时，四十四岁，《演义》作"三十四岁"，那是小说家有意把他写得年轻。

《演义》这一段《杨修之死》，仅用了一千三百字，把两个人物，一个新兴贵族魏王曹操，一个世家子弟杨修写活了；两个人都有才，一个忌才杀人，一个逞才被害，而连及有关的人，如将接班的曹丕、失宠的曹植、被佯怒欲斩的夏侯惇等；并补写了过去造花园、送酥食、杀近侍等事。可谓"简而能华"或"言简事备"。又于七十一回中用约七百字写看曹娥碑文，猜"黄绢幼妇、外孙齑臼"事，为杨修之死作了伏笔。尤可贵者，在一次大战争中插以韵事闲笔，小说家真有"手挥五弦，目送飞鸿"之能。他前后只用二千字来完成一段插曲，曲终奏雅，艺术上是成功的。我也用了过两千字来写这篇拙劣文字，却未必说得清楚，不禁汗颜，愧对读者，尤其愧对罗、毛。正如黄山谷诗云："古人不见仰山高！"但却不"望'杨'兴叹"。

《演义》从汉灵帝中平元年（公元一八四年）黄巾起义起，到晋武帝太康元年（公元二八〇年）平定吴国止，写一百年的历史（虽然严格地说它不能代替历史书），家喻户晓。这一部伟大的小说，不在《水浒传》、《红楼梦》之下。"好书不厌百回读"，这用不着我再作赘语了。

关羽爱戴高帽子

相传有这样的故事：关羽成神后，奉玉帝旨，监视南天门。某日，一位散仙，挑一担什物过此，关老爷喝住，问是何人？带何物？作何用？去何方？散仙回答："小仙名不挂朝籍，玉帝批准下凡，做小买卖，随带高帽百顶，卖与人间。"关公听罢，怒道："戴了高帽子，误尽苍生。不许通过！"散仙连忙解释："这种帽子，世人爱戴，已成习惯。无高帽子，他们不舒服，难过日子，要是世人都像您老人家，我也不做这生意了。"言毕只见关公微笑，喝令放行。散仙挑起担子，出南天门，回头检视，帽子已少一顶。……

编故事的人，从陈寿或罗贯中那里得到依据。不然的话，他何以不把这故事编给张飞或马超？还有赵云？（我且不说黄忠，那是关羽"不与老兵同列"的。）

小说家写《关云长义释曹操》（见《三国志通俗演义》卷十之十、《三国演义》第五十回），就是曹操说了一段《春秋》故事，引了几个古人，送了一顶高帽子与关公，得到"义释"的。关羽原是承其家学，治《春秋》的。（黄奭云："羽祖石磐，父道元，并羽三世，皆习《春秋》。"见《三国志集解》）窃以为此乃罗贯中大本领处，发陈寿之所未发。盖这顶高帽子恰恰合头也。

关羽爱戴高帽，《三国志》记载不止一处。诸葛亮被称为"三代以下第一人"，他也"人心不古"，曾送给关羽此帽一顶。《蜀书·关羽传》："羽闻马超来降，……问超人才，可谁比类？亮知羽护前（即不肯落人后、居人下），乃答之曰：'孟起（马超）资兼文武，雄烈过人，一世之杰，黥、彭之徒。当与翼德（张飞）并驱争先，犹未及髯之绝伦逸群也。'……羽省书大悦，以示宾客。"有人说诸葛亮这顶帽子还有两个副作用，一是离间了关、张，二是孤立了关羽。客观上确有些对，也许是智者千虑之一失吧。

现在说"不与老兵同列"的话。那是刘备称汉中王后，拜关羽为前将军，马超为左将军，张飞为右将军，黄忠为后将军。"羽闻黄忠为后将军，怒曰：'大丈夫终不与老兵同列！'不肯受拜。"于是受派遣来拜官的费诗责以大义——这大义是随着一顶高帽子抛向关公头上的：

> 昔萧（何）曹（参）与高祖少小亲旧，而陈（平）韩（信）亡命后至；论其班列，韩最居上；未闻萧曹以此为怒。今汉中王以一时之功，隆崇于汉升（黄忠），然意之轻重，宁当与君侯齐乎？且王与君侯，譬犹一体，同休共戚，祸福共之。愚以为君侯不宜计官号之高下、爵禄之多少为意也。……（《蜀书·费诗传》）

于是关羽接受了前将军的官职。

关羽兴师北伐，拔襄阳，淹樊城，斩庞德，擒于禁，许昌南北，有人响应，曹操想迁都避开他的攻击，孙权却在背后捅他一刀。螳螂捕蝉，黄雀已在其后，先有陆逊包藏祸心向关羽送高帽子来麻痹他。有人是给鼓掌拍死的，陆逊写给关羽的信就是绝妙的掌声。

什么"小胜大克，一何巍巍，敌国败绩，利在同盟"呀；什么"于禁等见获，遐迩钦叹，以为将军之勋，足以长世。虽昔年晋文城濮之师，淮阴拔赵之略"

都没有超过您将军呀,什么我是晚辈书生,一切要您教导呀,……高帽子奉上了。(《吴书·陆逊传》)

曹操把孙权暗通他的信叫人射给关羽,想让这个同盟火并。关公为陆逊所迷惑,还不相信。局势就急转直下:吕蒙奇袭公安,陆逊别取宜都,关羽败走麦城,遂致荆州全失。

关羽戴上陆逊恭奉的高帽子,原也不愧。那时曹操方面,确已乱作一团,岌岌不可终日。据《魏横海将军吕君碑》:"关羽荡摇边郡,虔刘民人,而洪水播溢,泛没樊城,平原十刃,外渎潜通,猛将骁骑,载沉载浮。于是不逞作慝,群凶鼎沸,或保城而叛,或率众负旌,自即敌门,中人以下,并生异心。"这碑文记录了当时真实情况。

奇怪的是益州方面,刘备、诸葛亮好像都在酣睡,关羽胜了,他们毫无接应增兵支援,败了竟不知道。关羽不正是执行诸葛亮的战略决策"将荆州之兵以向宛、洛"吗?却没有人"率益州之众,出于秦川"以分曹魏之势。这是何等大事!刘备、诸葛亮君臣竟不问不闻,听之任之,让关羽"单干"戴着高帽子败亡,响应关羽的"义军",也烟消火灭鸟兽散!真不可解!

张飞妻女与夏侯渊父子

东汉末年，群雄割据，强大者跨州连郡，如袁绍占有冀、幽、青、并四州；弱小者暂时取得数城，如刘备之代领徐州。这些军阀不论大小，都有一个共同的劣点，就是军纪不好。《三国演义》经常渲染刘备的人马是仁义之军、王者之师，其实他处于逆境时，他的部下也未尝不做点掳掠的勾当。大将张飞的夫人，就是掳来的。《蜀书·张飞传》："飞妻为夏侯霸从妹，建安五年，为飞所得。"《魏书·夏侯渊传》："初，建安五年，霸从妹年十三四，在本郡出行樵采，为飞所得。飞知其良家女，遂以为妻。……"与夏侯姑娘同为张飞"所得"的物资和男丁，不消说是充当军实和新兵。夏侯霸是夏侯渊的长子，那么，张飞和他是未见面的郎舅，也就是夏侯渊的侄女婿了。有此一举，便把夏侯家的两代人一死一生，先后跟蜀汉以裙带关系连起来。

刘备之争汉中，主谋和亲自跟刘备到前线指挥作战的是法正，先锋是黄忠——不是戏剧中所演激将的诸葛亮激去的。

先是，建安二十年，曹操征张鲁，得了汉中，张鲁退入巴中，不久即降曹，巴蜀一夕数惊，生怕曹操趁势南下。乃曹操不此之图，《魏书·武帝纪》：是年"十二月，（曹）公自南郑还，留夏侯渊屯汉中"。

《蜀书·法正传》中，法正在建安二十二年对刘备说："曹操一举而降张鲁，定汉中，不因此势以图巴蜀，而留夏侯渊、张郃屯守，身远北还，此非其智不逮而力不足也，必将内有忧逼故耳。"果然，曹操是要对付西凉马超，和南拒孙权。又威逼献帝封他魏王，逮捕吉本（演义作吉平），平定耿纪、韦晃之变。

法正还说夏侯渊不是我们将帅的对手："举众往讨，则必可克。克之之日，广农积谷，观衅伺隙，上可以倾覆寇敌，尊奖王室；中可以蚕食雍、凉，广拓境土；下可以固守要害，为持久之计。此盖天以与我，时不可失也。"这一番话，打动了刘备的野心，推动了刘备的进取，于是刘备亲冒矢石，强攻定军山。经过这场激烈战争,建安二十四年,黄忠斩了魏之名将夏侯渊,刘备取得汉中,称了汉中王。在这欢庆的日子里,张飞夫人请葬夏侯渊,刘备依允了。

至于夏侯霸呢,他与蜀汉有杀父之仇,本是不共戴天的。所以他切齿欲报蜀之仇,累官魏偏将军、右将军、征蜀护军,统属征西,是蜀汉的死对头。然而,距离其父死难三十年后,夏侯霸竟归降蜀汉,来做国舅老太爷了。这时是蜀汉后主刘禅的延熙十二年。原来张飞的两位女儿——姐妹先后都是刘后主的皇后。

那时魏国的司马懿杀了曹爽,且翦灭曹氏并波及夏侯氏的家族(曹氏本出于夏侯)。夏侯霸因素为曹爽所重,只有逃亡了,穷途只身入蜀,失道,无粮,杀马为食。蜀廷派人去迎他入成都,刘禅接见,特为解释往事:"卿父自遇害于行间耳,非我先人之手刃也。"又指着自己的儿子:"此夏侯氏之甥也。"对夏侯霸"厚加爵宠"(均见《蜀书·后主传》)。终于夏侯霸成为姜维的得力助手,做了蜀汉的车骑将军。

《魏书·钟会传》引《汉晋春秋》:"初,夏侯霸降蜀,姜维问之曰:'司马懿既得彼政,复有征战之志不?'霸曰:'彼方营立家门,未遑外事。有钟士季

（会）者，其人虽少，终为吴蜀之忧（《世说》亦同此说）。然非常之人，亦不能用也。……'"后来司马昭用了钟会，"后十五年，会果灭蜀"。其时夏侯霸已早亡，不然，钟会反司马氏，夏侯霸一定参加的，说不定有妥善之策，自全之计，而不会让钟会、姜维那样冒失，与他们同演悲剧收场吧！

　　《三国演义》只写蜀魏为敌国，无一字提及两方姻娅事，这是小说家尊刘抑曹，连及夏侯，有意讳言。在这点上，就隐瞒了史实，蒙蔽了看官。

替赵子龙抱不平

赵云是三国时名将,演义中写得他武艺超群,心细胆大,作风好,高姿态,识大体。小说家这样塑造赵将军,是无可非议的。毛本"五虎将"列为关、张、赵、马、黄,把《三国志》列传和罗氏原本的次序:关、张、马、黄、赵的"赵"提高到第三位,一是赵云与刘备的关系,仅次于关、张;二是演义中写赵云事迹与功劳,实多于马、黄。

《三国志·蜀书·赵云传》:赵云"本属公孙瓒,瓒遣先主为田楷拒袁绍,云遂随从,为先主主骑。"《赵云别传》:"时先主亦依托瓒,每接纳云,云得深自结托。""先主与云同床眠卧。"后来"云以兄丧,辞瓒暂归"。等到重见刘备,他就跟定了。刘备投袁绍,他跟着;依刘表,他也跟着。只有征益州时,赵云留在荆州跟诸葛亮。就有截江夺回五岁的阿斗,不怕得罪孙夫人的事；比上一次长坂坡"七进七出"救出不满两岁的婴儿阿斗和保护甘夫人，似乎难度还大些。因为战场上对敌军，尽管拼命厮杀，船舱里对"主母"，要做到有理、有利、有节，与张飞做好做歹的对付她。还有，婴儿可藏于衣甲之内；学龄前儿童会说会闹，蹦蹦跳跳，从她娘手中抢过来，你道难不难？赵云之于刘备，可谓不负所托，完成任务。忠矣勇矣！至矣尽矣！

后来荆州失陷，关羽败亡。刘备称帝，首先伐吴。赵云谏言："国贼是曹操，非孙权也。且先灭魏，则吴自服。操身虽毙，子丕篡盗。当因众心，早图关中，居河、渭上流，以讨凶逆。关中义士必裹粮策马，以迎王师。不应置魏，先与吴战，兵势一交，不得卒解也。"刘备不但不听他，而且不用他，把他与诸葛亮同留在后方。诸葛亮也是不主张对吴用兵，从来是坚持联吴伐魏的。刘备这时很可能把赵云看作"葛派"。

揣刘备之用心，未必像演义所渲染的为关羽报仇，只是想争荆州。自计北伐力量不足，且运兵困难；东征则有余，顺流而下，拣较弱、较易的打。自己口口声声"光复汉室"的话不说了，诸葛亮的"隆中对"决策不顾了；什么人劝也听不进耳了。结果被陆逊反攻得一败涂地；被孙桓追得"逾山越险，仅乃身免"，还说"吾昔初至京城，桓尚小儿，而今迫孤乃至此也！"

这且按下不表，话说诸葛亮北伐初出祁山，就打了败仗，斩了马谡，自贬三级。马谡街亭这一路是对张郃；另一路是出斜谷，以赵云、邓芝对曹真，"云、芝兵弱敌强，失利于箕谷，然敛众固守，不至大败。军退，贬为镇军将军"。（赵云原任中护军、镇东将军、封永昌亭侯。据《赵云传》）马谡更是"葛派"，不得不斩；赵云不得不贬，以示不包蔽徇私。其实应由诸葛亮负责。所以他上疏云："……至有街亭违命之阙，箕谷不戒之失，咎皆在臣授任无方。"可见街亭与箕谷并论，只是有所重轻罢了。演义写赵云不损一人一骑，全师而退，那是小说家不忍在他塑造的英雄脸上带有一点黑。

赵云对于刘氏父子，是没有丝毫可非议的。然而刘备晚年，不重视他。他在蜀汉群臣中，地位不高，当刘备自立为汉中王时，群臣上表汉帝（献帝），署衔名的为首是平西将军都亭侯臣马超，以下是许靖、庞羲、射援、诸葛亮、关羽、张飞、黄忠、赖恭、法正、李严等，赵云就"等"在以下"一百二十人"之内。再后刘备称帝，上表劝进的又没列赵云的衔名。

刘备死后，刘禅继位，这位阿斗小皇帝十七岁，一切听从诸葛亮。诸葛亮死了，听从蒋琬。蒋琬死了，他才亲政，其时他已四十岁了。较之孙策十七岁起兵，二十五岁平定江东，孙刘两家儿子，真有虎豕之差，殊不料赵云两次救出的，竟是一个窝囊废。

而这位后主，却未尝记得赵云。《赵云传》："初，先主时，惟法正见谥。后主时，诸葛亮功德盖世，蒋琬、费祎荷国之重，亦见谥，……夏侯霸远来归国，故复得谥，于是关羽、张飞、马超、庞统、黄忠及云乃追谥……"由于"外议云宜谥"，"大将军姜维等议……应谥云曰'顺平侯'"，这才最后一个追谥的。事在追谥关、张、马、庞、黄的第二年，时为景耀四年，阿斗亲政已十五年，距离蜀亡只三年耳。

"汉家待功臣薄"，大皇帝如刘邦（高祖）、刘彻（武帝），到最后一个小皇帝刘禅，也是忘恩负义！让他"乐不思蜀"，做降魏的"安乐公"去罢。

魏王杀识魏王者及假魏王

唐·吴兢《贞观政要》记唐太宗对封德彝说："流水清浊，在其源也。君者政源，人庶犹水；君自为诈，欲臣下行直，是犹源浊而望水清，理不可得。朕常以魏武帝多诡诈，深鄙其为人，如此，岂可为教令？"这话出自李世民之口，可代表大部分唐代人对曹操的看法。

曹操诡诈，不论是罗贯中原本的《三国志通俗演义》或毛宗岗修改过的《三国演义》，都有大量的揭露和批判。后者还更重一些。就是正史《三国志》，虽以魏为正统，也不讳言。且按下不表。这里单说史书和小说所不载的一件事。

《世说新语》是南朝刘宋时刘义庆撰的，书成时去三国不远，其中《容止》篇有一条云："魏武将见匈奴使，自以形陋，不足雄远国。使崔季珪代。帝自捉刀立床头。既毕,令间谍问曰:'魏王何如?'匈奴使答曰:'魏王雅量非常;然床头捉刀人,此乃英雄也。'魏武闻之,追杀此使。"

这真是诡诈不可测!这位匈奴使者大概是"面相学家",可谓"神鉴",然而遭到了追杀。曹操以英雄自许,在我们所熟知的"青梅煮酒论英雄"故事中,他曾亲口对刘备说:"天下英雄,惟使君与操耳。"怎么又忌讳人家识得他是英雄?这位识破他的人就一言而丧命。不仅本人所未料及,恐怕读者也未料及吧。更未料及的是:这次假扮魏王的崔季珪,后来也不免被"赐死"!

《三国志·魏书·崔琰传》:崔琰字季珪,是名儒郑玄的学生。他对曹操、曹丕都很帮忙的。他有才,更有貌:"琰声姿高畅,眉目疏朗,须长四尺,甚有威重;朝士瞻望,而太祖(曹操)亦敬惮焉。"所以曹操要他来扮魏王,相貌堂堂,威风凛凛,以慑服匈奴使者。但他后来得罪了曹操,"于是罚琰为徒隶。使人视之,辞色不挠。太祖令曰:'琰虽见刑,而通宾客,门若市人,对宾客虬须直视,若有所瞋。'遂赐琰死。"这算是曹操的"教令"之一吧?至于杀匈奴使者,是秘密的,当然不会有教令。"辞色不挠"、"虬须直视"

不也是"声姿高畅"、"甚有威重"吗？用得着他时，这是好相貌仪容；用不着他时，倒成了取死的罪状。本来曹操"性忌"，既爱才，更忌才，凡是跟他有所抵触的人，都被灭除，不管过去有什么交情，或其人有功劳。《崔琰传》云"而琰最为世所痛惜，至今冤之"。其实冤死的又何止一个崔季珪。读《演义》的人，可以数出孔融、杨修、许攸、刘馥、荀彧、荀攸……许多人来。至于"做梦"杀侍卫，"借头"杀粮官（王垕），则不是忌才，而是诡诈。

曹操在中国文学史上的地位是不可动摇的。在军事上当然"兵不厌诈"；但以诈道处世、为政，诈术杀人以至于暗杀外邦使节，"奸雄"这顶帽子他所以戴了一千多年。

曹丕的武术

"生子当如孙仲谋",曹操这一句话,流传了一千多年,我们都耳熟了。他夸赏敌方的儿子,不像某些人那样,"儿子总是自己的好"。

其实曹操自己的儿子,未必不如孙权。

《三国志·魏书·武文世王公传》:曹操先有正妻丁夫人(早与曹操离异),侧室刘夫人、卞夫人(后来升为后),继又有环夫人、杜夫人、秦夫人、尹夫人,也都是侧室,还有王昭仪、孙姬、李姬、周姬、刘姬、宋姬、赵姬。妻妾十四人,一共生了二十五个儿子。出现在《三国志演义》中的,只有七个,即长子昂、次子丕、三子彰、四子植、五子熊,还有曹据、曹宇,不知排行老几,《演义》且误把曹宇当作曹丕之子,实是曹丕的异母兄弟。

曹植是大文学家,与其父操、兄丕,在中国文学史上并称"三曹",是"建安文学"的中心人物。黄须儿曹彰是战将,另有一个神童曹冲是"以舟称象"的发明者,符合"浮力定律",可谓之为"中国的阿基米德",但《演义》没有给这位鼎鼎大名的人留下名字和事迹。

我这篇单说曹丕。他有名著《典论论文》,其《燕歌行》算是七言诗之祖,看来不是武人无疑了。其实他自幼便娴于骑射,长大更精剑术,又善使戟。《演义》似乎深恶曹丕,对这些是一字不提的。

《典论自序》云:"……余年五岁,上(指曹操)以世方扰乱,教余学射,六岁而知射;又教余骑马,八岁而能骑射矣。以时之多故,每征,余常从。建安初,上南征荆州,至宛,张绣降,旬日而反,亡兄孝廉子修(即曹昂)、从兄安民遭害,时余年十岁,乘马得脱。……"一个十岁娃娃,竟能从千军万马中乘隙突围逃出,足见他马术不错。遗憾的是《战宛城》这出戏中,少此一角。

《典论自序》中又说到有一个奋威将军邓展,"善有手臂,晓五兵,又称其能空手入白刃",他与曹丕论剑,谈了许久,曹丕说:您的剑法不对。邓展便要求比试一下,"时酒酣耳热,方食芉(甘)蔗,便以为杖,下殿数交,三中其臂。左右大笑"。邓展还未服输,要再来一次,曹丕说我没有打中你的头部,只是齐臂攻击罢了。第二次"余知其欲突以取交中也,因伪深进,展果寻前,余却脚剿(退步袭击),正中其颡。坐中惊视,余还坐笑曰:'昔阳庆使淳于意去其故方,更授以秘术,今余亦劝邓将军捐弃故技,更受要道也。'一坐尽欢。……"这可算是一篇"论剑"的妙文,其精彩处可与他的《典论论文》比美。原来曹丕学击剑"阅师多矣,四方之法各异,唯京师为善。桓、灵之间,有虎贲王越,善斯术,称于京师,河南史阿言昔与越游,具得其法。余从阿学之精熟"。那么,曹丕的剑术,转益多师,渊源有自,不是吹牛皮的。他还善使双戟,又能"以单破复"。陈寿评他"才艺兼该",当不仅是指其文事。

可惜孙坚早死,不知道曹丕有如此能耐。否则,他将会说"生子当如曹子桓"吧。

从《典论自序》里附带给我们一点历史知识,就是在汉魏之际,中国北方已可食到甘蔗,大概是从南方来的,不过只有上层社会才能吃到,可能是东吴的"贡品"吧(那时东吴的版图,包括闽、粤、桂、台湾及越北等产蔗地区)。闲话却不敢妄说,借此质教于饮食史家。

再谈曹丕

上一篇《曹丕的武术》我曾说了曹丕一些"佳话",看官们不要以为那就是捧他。现在我要写他的丑闻、恶行,今本《三国演义》三十三回《曹丕乘乱纳甄氏》、七十九回《兄逼弟曹植赋诗》透露了一些,但作者却不是当作"丑闻""恶行"写的。前者倒像是他保护了袁氏一家,其实袁氏战败,一切都成了曹家的战利品,曹丕就首先霸占了有夫之妇的甄氏;后者还像是他宽容了乃弟曹植,说"植,朕之同母弟,朕于天下,无所不容,而况植乎!骨肉之亲,舍而不诛"(《三国志·魏书·陈思王传》注引曹丕诏书),那只是表面文章。

就这两件事而论,可见曹丕这个人的占有欲是很强的,因占有狂而产生掠夺狂、杀害狂,就是他的妻子,他的胞弟,也都遭到他的迫害。

当曹丕做了皇帝以后，他另有新欢郭夫人，甄氏失宠，说是"赐死"，实际上她不是"自杀"，而是"他杀"。《三国志·魏书·后妃传》注引《汉晋春秋》：甄后的尸体是"被发覆面，以糠塞口"的。至于他对待胞弟曹植，虽未取命，但折磨得够了的，几年之中，几次徙封，给予老兵，不过百人；出外射猎，不许越出其采邑三十里；更不许与诸王侯相存问往来。我们读曹植的名篇《赠白马王彪》，就知道连兄弟同路归藩也受到禁止。

曹植之所以没有被杀，仅仅是由于他母亲卞太后的援救，跟曹丕摊了牌："汝既杀我任城（任城王曹彰），不当复杀我东阿（时曹植贬为东阿侯）！"才罢手的。而曹彰，却已被他在枣蒂中放了毒药，吃了枣，中毒死，又预先布置，使卞太后抢救不得。《三国志·文帝纪》只说"任城王彰薨于京师"，同书《任城王传》也说他"疾薨"，倒是注文引《魏氏春秋》云是"暴薨"，近乎史实。

这时已是黄初四年——即曹丕做皇帝的第四个年头了，他还如此猜忌他两个胞弟，其杀害狂到了什么程度，可以概见。《演义》写作曹丕初继王位时事，是小说家把它挪前了。又写曹熊自缢，亦然，按"萧怀王熊早薨",《志》有明文。自杀的乃是曹彰,事在废帝曹芳嘉平元年,这与曹丕无关。至于他的占有狂,他母亲早已骂他"不如猪狗",因为曹操一死,他就把曹操遗留下的年轻姬妾和铜雀台妓全部"接收"。

当曹丕未被立为魏王太子以前,可以跟他争夺这个座位的,除了上面那两位老弟外,还有一个异母弟曹冲。曹彰有战功,曹植有比曹丕更高的文名,且都是嫡出,除了长幼这一点差异外,都有资格当太子。曹冲早死,《武、文世王公传》记曹冲死时,曹操对着曹丕说:"此我之不幸,而汝曹之幸也。"又引《魏略》:"文帝常言,家兄孝廉(曹昂曾举孝廉),自其分也。若使仓舒(曹冲字仓舒)在,我亦不得天下。"那么,这时足以动摇他的王太子位,乃至王位和帝位的,只剩有彰、植二人。曹彰是武夫,比较单纯,容易对付。曹植是比曹冲更得曹操宠爱的,且树立党羽,如杨修、丁仪、丁廙,都是拥植的。曹操因为杨修是袁绍的外甥,又忌其才,把他杀了。杨修之死,当然与曹丕有关。曹丕这个人是很工心计的,曹植几次斗不过他。除了《演义》所写的外,还有一次,曹操授命曹植去解救曹仁为关羽所围,"以植为南中郎将行征虏将军,欲遣救仁,呼有所敕戒,植醉,不能受命,于是悔而罢之"(见《陈思王传》)。注引《魏氏春秋》,是曹丕灌醉他的。曹丕一承继王位就杀了二丁及其全家,他因占有狂而生的杀害狂,完全是从他的特权地位出发的。

他利用既得特权地位,手伸得很长。打听到太傅钟繇有块美玉玦,他就叫曹植托人转示意于钟繇,钟繇只好送他。他还说漂亮话:"……猥以蒙鄙之姿,得睹希世之宝,不烦一介之使,不损连城之价,既有秦昭章台之观,而无蔺生诡夺之诳,嘉贶益腆,敢不钦承。"这是他做王太子时事。(见《曹丕与钟大理书》)

他刚登上皇帝的宝座,就向东吴要雀头香、大贝、明珠、象牙、犀角、玳瑁、孔雀、翡翠、斗鸭、长鸣鸡。东吴的群臣说:"荆扬二州,贡有常典,魏所求珍玩之物,非礼也。宜勿与。"这回倒是孙权说漂亮话:"……彼在谅闇之中(居丧期间),而所求若此,宁可与言礼哉!"要啥就给啥罢。(见《吴书·吴主传》注引《江表传》)

曹洪,算得魏之忠臣,曹家的猛将,曹操的救命恩人,又是曹丕的从叔。他"家富而性吝。文帝少时，假求不称，常恨之"（据《魏书·曹洪传》）。假就是借钱，求就是向他要东西，不称就是不能满足对方。这位少年衙内曹丕，后来做了皇帝，就借故要杀他。"群臣并救，莫能得"，还是卞太后出面，对郭后说："……曹洪今日死，吾明日敕帝废后矣！"家婆通过儿媳去说情，这才救了曹洪，但是没收了他的财产。后虽发还，未必原封不动吧。

看来曹丕为人，很是记仇的。张绣投降了曹操，时过境迁，几次求见曹丕（那时他还是五官中郎将），丕怒曰："君杀吾兄，何忍持面见人耶！"（据《张绣传》注引《魏略》）逼得张绣畏祸自杀。

我不是反曹抑丕的，只是上面这些丑闻恶行，却替他掩盖不得。

蒲留仙笔下的《甄后》

甄氏是汉末魏初人,死于黄初二年(三世纪);蒲翁是明末清初人,其《聊斋志异》成书于康熙之世(十七世纪),二者相距一千四百多年。小说家蒲留仙将甄氏与刘桢撮合,是怜刘呢?还是刺甄?都是,也都不是,而是反曹!

甄氏是甄逸的女儿,袁绍的儿媳,袁熙的新妇。曹操战胜袁氏,打进邺城(今河南安阳),占领冀州(今河北及山西一部分连同河南的黄河以北地区),甄氏成了曹操战利品之一,做了曹丕的老婆。事在汉建安七年(公元二○二年),时曹丕十八岁,甄氏比他大五岁。

毛本《三国演义》第三十三回《曹丕乘乱纳甄氏》,这标题有贬义:"纳"是私纳,非明媒正娶,"乘乱"何事不可为!《后汉书·孔融传》:"曹操攻屠邺城，袁氏妇子，多见侵略，而操于丕私纳袁熙妻甄氏。"当时原是曹操想"纳"她，蓄此心久矣。《世说》："曹公之屠邺也，令疾召甄。左右曰：'五官中郎将（曹丕）已将去。'公曰：'今年破贼，正为奴（指甄）。'"言下大有不满其子手快之意。

原来曹氏父子都垂涎于这个"尤物"。李善注《昭明文选》又把曹植拉了进去，说曹植的《洛神赋》原叫《感甄赋》，是怀念甄氏而作的，又有曹丕把甄后遗枕给了曹植的故事。后来他的侄儿魏明帝曹叡（甄后之子）改名《洛神赋》。李义山诗"宓妃留枕魏王才"，千古传诵。其实曹植比甄氏小十一岁，曹操破邺时，曹丕纳甄氏，曹植不过十二三岁耳，纵使早熟，也不会从此就一直私恋着嫂嫂。蔡襄诗云"陈王也作惊鸿赋，未必当时见洛神"，最有见地。偶忆四十余年前与亡友孟超兄闲谈，孟超编造说"曹植当时不曾注意女人，他一头扎进袁氏藏书里去了"。此语极妙，可补《演义》之阙。

说也奇怪，他们曹家的男子，偏和甄家的女儿"有缘"。神童曹冲死了，曹操竟为他聘甄逸的另一个亡女（大概是甄后的妹妹吧）"冥婚"，举行"合葬"。（见《三国志·魏书·邓哀王冲传》）

闲话少说,言归甄后。我在前篇《再谈曹丕》中,曾指出她最后是被曹丕虐杀的。这个被污辱和损害的女人,当曹丕初得到她时,原是当宝(玩物)看待。有时在朋友面前显宝,《魏书·王粲传附刘桢》注引《典略》:丕"命夫人甄氏出拜,坐上众人咸伏,而桢独平视"。"平视"是面对面地盯着看,大家连仰视都不敢,他独平视,这犯了"大不恭"罪,"太祖闻之,乃收桢,减死,输作(减死罪,罚劳作)"。据《太平御览》,是罚他磨石。后来他答曹操问以石自喻,曹操就赦免了他。

蒲留仙的《甄后》,为刘桢抱不平,写刘桢千余年后投胎转世为洛城书生刘仲堪。

"一日,方读,忽闻异香满室;少间,佩声甚繁。惊顾之,有美人入,簪珥光采;从者皆宫妆。刘惊伏地下。美人扶之曰:'子何前倨而后恭也?'刘益惶恐,曰:'何处天仙,未曾拜识。前此几时有侮?'美人笑曰:'相别几何,遂尔懵懵!危坐磨砖者(应是磨石),非子耶?'乃展锦荐,设瑶浆,促坐对饮,与论古今事,博洽非常。刘茫茫不知所对。美人曰:'我止赴瑶池一回宴耳;子历几生,聪明顿尽矣!'遂命侍者,以汤沃水晶膏进之。刘受饮讫,顿觉心神澄沏。既而曛黑,从者尽去,息烛解襦,曲尽欢好。……刘依依苦诘姓字,答曰:'告郎不妨,恐益君疑耳。妾,甄氏;君,公干(刘桢字公干)后身。当日以妾故罹罪,心实不忍,今日之会,亦聊以报情痴也。'问:'魏文安在?'曰:'丕,不过贼父之庸子耳。妾偶从游嬉富贵者数载,过即不复置念。彼曩以阿瞒故,久滞幽冥,今未闻知。反是陈思(曹植)为帝典籍,时一见之。'旋见龙舆止于庭中,乃以玉脂合赠刘,作别登车,云推而去。"

后刘又因缘甄后,娶妻为铜雀台妓转世。有黄犬咋之,犬乃曹操所化也。

蒲留仙于篇末作"异史氏曰:'始于袁,终于曹,而后注意于公干,仙人不应若是。然平心而论,奸瞒之篡子,何必有贞妇哉?犬睹故妓,应大悟分香卖履之痴,固犹然妒之耶?呜呼,奸雄不暇自哀,而后人哀之已!'"

《聊斋志异》中又有篇《曹操冢》,言其墓葬虽在七十二疑冢之外,终不免千余年后为人"破棺散骨,所殉金宝尽取之"。如此云云,显然以反曹为快,幸灾乐祸。其实"身后是非",真真假假,蒲翁姑妄言之,吾辈姑妄听之可耳。

"先帝虑汉贼不两立"质疑

传世的诸葛亮《后出师表》虽出于吴人张俨的默记，但自晋以来，没有人怀疑它。文章一开始就斩钉截铁地说："先帝虑汉贼不两立，王业不偏安，故托臣以讨贼也。"我们却怀疑那位先帝刘备到底有几分以"汉贼不两立"为虑。

使人怀疑的事实之一，据《三国志·蜀书·先主传》引《诸葛亮集》，刘备给刘禅的遗诏云："朕初疾但下痢耳，后转杂他病，殆不自济。人五十不称夭，年已六十有余，何所复恨，不复自伤，但以卿兄弟为念。射君（射援）到，说丞相叹卿智量，甚大增修，过于所望，审能如此，吾复何忧！勉之，勉之！勿以恶小而为之，勿以善小而不为。惟贤惟德，能服于人，汝父德薄，勿效之。可读《汉书》《礼记》，闲暇历观诸子及《六韬》《商君书》，益人意智。闻丞相为写

《申》《韩》《管子》《六韬》一通已毕，未送，道亡。可自更求闻达……"其中娓娓谈自己的病，勉励儿子为善、读书，……并无一语道及"汉贼不两立"、要"讨贼"的话。

使人怀疑之二，在这以前，刘备将称帝时，益州前部司马费诗上疏："殿下以曹操父子逼主篡位，故乃羁旅万里，纠合士众，将以讨贼。今大敌未克，而先自立，恐人心疑惑……况今殿下未出门庭，便欲自立耶！愚臣诚不为殿下取也。"结果费诗被贬官，而刘备即尊位。

刘备称帝后，即举兵伐吴，诸臣中反对的很多，赵云是最有代表性的。他说："国贼是曹操，非孙权也，且先灭魏，则吴自服。操身虽毙，子丕篡盗，当因众心，早图关中，居河、渭上流以讨凶逆，关中义士，必裹粮策马以迎王师……"（《蜀书·赵云传》注引《云别传》）这与诸葛亮的"隆中对"所说的"将军身率益州之众出于秦川，百姓孰敢不箪食壶浆以迎将军者乎"如同出一口，然而赵云的话不入刘备之耳，赵云且不见用于东征军中。

王船山《读通鉴论》卷十论刘备过去与"董承受衣带之诏，奉之起兵，乃分荆得益而忘之矣"。现在"曹操王魏,己亦王汉中矣;曹丕称帝,己亦帝矣。……费诗陈大义以谏而左迁矣;是岂誓不与贼俱生而力为高帝争血食者哉?承统以后,为人子孙,则亡吾国者,吾不共戴天之仇也……而先主无一矢之加于曹氏。即位三月,急举伐吴之师,孙权一骠骑将军扬州牧耳,未敢代汉以王;而急修关羽之怨,淫兵以逞,岂祖宗百世之仇,不敌一将之私忿乎?先主之志见矣,乘时以自王而已矣"。

最使人疑惑的是,《先主传》注引《魏书》:"备闻曹公薨,遣掾韩冉奉书吊,并致赗赠之礼。文帝(曹丕)恶其因丧求好,敕荆州刺史斩冉,绝使命。"又引《典略》:"备遣军谋掾韩冉赍书吊,并贡锦布。冉称疾住上庸,上庸致其书,适会受终,有诏报答,以引致之。备得报书,遂称制。"这两条材料有出入,一条是刘备"因丧求好"遭到曹丕的拒绝,并且斩了来使;一条是接受了"求好",而且也有回报。两者皆出诸魏人,未必可信。但都说派了韩冉,有名有姓的。而又是在刘备伐吴之前。那时孙权可以称臣降魏,刘备就不想到与魏和好以孤立东吴吗?这倒不是争取曹丕的帮助,只要魏不助吴就行。刘备是枭雄,伐吴是"忿兵",审情度势,很可能如此。当孙、刘关系紧张,这位先帝搞"吴蜀不两立"时,"至使英雄之血不流于许、洛,而徒流于猇亭"(王船山语)。杜甫诗云:"江流石不转,遗恨失吞吴。"诗圣是很知道诸葛之心的。

然则"汉贼不两立",只是诸葛亮的政治号召,"讨贼",是他的政治抱负;恐都非先帝之本意,假托先帝罢了。

从马谡说到王平

爱看京戏的人都熟悉"失、空、斩"——《失街亭》、《空城计》,殿以《斩马谡》。其他剧种如川剧、汉剧、桂剧、秦腔、山西梆子……亦常演之。这三出戏,乃元、明杂剧中所无,大概是清代才有的,事本演义。在正史中,"失街亭"是实;"空城计"则似有实无,马谡是斩了还是下狱?陈寿的《三国志》中两处记载却是两相矛盾。还有说是逃亡了。

《三国志·蜀书》没有给马谡立传,仅在《马良传》后附载谡事:"良弟谡,字幼常,以荆州从事随先主入蜀,除绵竹成都令、越嶲太守。才器过人,好论军计,丞相诸葛亮深加器异。"马良是跟刘备征吴没于军中的,马谡算是"烈属"。"先主临终谓亮曰:'马谡言过其实,不可大用,君其察之!'亮犹谓不然,以谡为参军,每引见谈论,自昼达夜。"

原来，马谡兄弟五人，他排行第五，是蜀汉的高级知识分子。这位马五爷似乎是个战略家，爱夸夸其谈，偏偏为诸葛所重视。马谡既是"烈属"，又是"智囊"，否则诸葛亮以丞相之尊、政务之繁，不会陪他谈论通宵。刘备临终时特别告诫云云，诸葛亮是听不进去的。不仅不听，当他南征七擒孟获又七纵之，更是用马谡本谋："攻心为上"，使南人心服，"不敢复反"。可见马谡确是有一套策略的，并且会挑诸葛亮爱听的话讲。

但马谡是参谋人材，是理论家，不是指挥员料子，也从来没有带过兵。诸葛亮初次北伐，"时有宿将魏延、吴懿等，论者皆言以为宜令为先锋，而亮违众拔谡，统大众在前，与魏将张郃战于街亭，为郃所破，士卒离散。亮进无所据，退军还汉中。谡下狱物故，亮为之流涕。"（见《马良传》）

《诸葛亮传》所载略同，惟马谡死事稍异。"魏明帝西镇长安，命张郃拒亮，亮使马谡督诸军在前，与郃战于街亭。谡违亮节度，举动失宜，大为郃所破。亮拔西县千余家，还于汉中，戮谡以谢众。"

不管是下狱还是杀头，总之马谡是死了。

他该死！因为他这一败仗，影响了全局，断送了许多人。比如一个医生，没有临床经验，一个处方，完全误诊，造成巨大的医疗事故。不过医疗误诊，受害者是个别人，兵家把仗打错了，会死百、千、万人。医家与兵家有一个共同点，就是：要对方来为他做结论的。

诸葛亮哭了，他该哭。一惜马谡，二悼将士，三痛恨自己，四追思先帝：这四者是诸葛亮的泪源。

有人问：街亭之战，诸葛亮何以不用王平为正？我试回答，这也有四条：一、王平是个大老粗；二、他是魏的降将，不是刘备的嫡系；三、其在蜀汉军中的地位较高，而亲信不及；四、诸葛亮正要启用新人。因此，就委曲他做马谡的助手。但事实证明，王平比马谡强得多。据《蜀书·王平传》："王平字子均，巴西宕渠人也。……从曹公征汉中，因降先主，拜牙门将、裨将军。建兴六年，属参军马谡先锋。谡舍水上山，举措烦扰，平连规谏谡，谡不能用，大败于街亭。众尽星散；惟平所领千人，鸣鼓自持，魏将张郃疑其伏兵，不往逼也。于是平徐徐收合诸营遗迸，率将士而还。丞相亮既斩马谡及将军张休、李盛，夺将军黄袭等兵，平特见崇显，加拜参军，统五部兼当营事，进位讨寇将军，封亭侯。九年，亮围祁山，平别守南围。魏大将军司马宣王攻亮，张郃攻平，平坚守不动，郃不能克。十二年，亮卒于武功,军退还,魏延作乱,一战而败,平之功也。……"然而,这位行伍出身,有丰富实战经验的将军,却是"平生长戎旅,手不能书,其所识不过十字",等于文盲。但他的军事经历知识在马谡之上,是第一流专门军事人才,奈何诸葛亮不用,结果铸成大错!除自贬三级及处死马谡外,还杀了张休、李盛两将军,不让黄袭等带兵,连累赵云也降了一级。

试以围棋作比:当时诸葛亮大军出阳平关,兵分两路,一是以马谡当正面,王平助之,以对张郃,街亭是一个"眼";一是以赵云设疑兵,邓芝为副,以牵制曹真,箕谷又是一个"眼"。这局棋还不曾进入中盘,两眼俱被扑死,边角尽失,只好认输。于是退回汉中。

尽管陈寿把《诸葛亮传》写得好,但最后作评语:"应变将略,非其所长。"本来金无足赤,人无完人。他不徇私,不枉法,勇于自我检讨,承担了主要的责任,此诸葛之所以为亮也。

再说"空城计"事,仅有晋人郭冲言之,不足为据。时司马懿尚为荆豫二州都督,镇守宛城,相距千里,怎能来到西城?一直到曹真死后,他始与诸葛亮相对抗。郭冲说《三事》,裴松之已驳之。只是小说编写得好,戏演得好罢了。

司马懿装病

建安十三年（公元二〇八年）似乎是曹操"三生有幸"之年，他做了丞相，三方面的三个人才他都会遇了：司马懿、周瑜、诸葛亮。前一个当了他丞相府的"文学掾"，作为他的属吏，也是他的智囊。后两位是在战场上给他表演了战争艺术，他深受教益。这年，曹操五十四岁，是老作家、兵家、政治家。司马懿三十岁，周瑜三十四岁，诸葛亮二十八岁，都还是青年。

但又可说是曹操最不幸的一年，赤壁（准确地说应是乌林）之役，他狼狈败退，放弃了荆州，又送掉许多人的性命。令人毛骨悚然的是：这位被他强迫出来做官的司马懿，在四十四年后，开始剪除曹氏的羽翼，司马子孙杀戮曹氏子孙，终于代曹氏而有天下。

司马懿是河内（今河南）温县人，家庭为中原高级士族。东汉末世门第观念还很重，高级士族是看不起"阉宦"后裔曹操的（曹操本是夏侯氏之子，过继给曹家，其祖父曹腾是桓帝时的太监），且说曹氏是汉初相国曹参之后，但那已隔了四百年了。

曹操想争取高门世族在政治上与他合作，不惜用种种手段来罗致人物。偏偏司马懿不买他的账："帝（懿）知汉运方微，不欲屈节曹氏。辞以风痹，不能起居。魏武使人夜往密刺之，帝坚卧不动。"这是早在建安六年事，装风瘫装到这一步，总算蒙混过了。

但总有露马脚的时候。有一天，司马懿叫人曝书，忽天将雨，一时旁边无人，他怕淋坏了书，急忙起身收拾这些竹帛，大概司马懿是很爱书的。事后他的夫人对他说：你今天所为给某婢看到了，幸好只她一个，别人不知。我已将她秘密处死了。

但司马懿究竟抗不过曹操。曹操做了丞相又叫人去找他，并有令：他如果再盘桓不来，就捕杀之。这样，司马懿终于敬酒不吃吃罚酒，做了曹操的谋士。

曹操是听了崔琰称誉司马懿的话："聪亮明允，刚断英特"，才用司马懿的。崔琰的评语，实不如后来唐太宗李世民的论断：司马懿是个"雄略内断，英猷外决"、"情深阻而莫测"、"饰忠于诈"的人。《晋书·宣帝纪》也说他"内忌外宽"、"多权变"，由他青年时装病就可以看出。

曹操与他相处后,也察觉他"有雄豪志";又闻他"有狼顾相","欲验之,乃召使前行,令反顾,面正向后而身不动。又尝梦三马同食一槽,甚恶焉。因谓太子丕曰:司马懿非人臣也,必预汝家事!……"但是你会防,他更会装,装善、装忠、装勤,装得跟曹丕好得不得了,"于是魏武之意遂安"。

司马懿是持久装,一直装到曹丕死,又装到曹叡死,还最后一次装病搞首都军事政变,那就是《三国志通俗演义》中的《司马懿谋杀曹爽》和《司马懿父子秉政》、《三国演义》上的《司马懿诈病赚曹爽》。看官看《演义》,你看他装得多像真病啊!又是风瘫,听觉失聪,动作失灵,牵衣衣落,食粥流到胸,说话颠三倒四,总之,完全是"尸居余气,形神已离"了。但几天后,他一夜之间,就"力疾将兵,诣洛水浮桥,伺察非常"!"诛曹爽之际,支党皆夷及三族,男女无少长,姑姊妹女子之适人者,皆杀之。既而竟迁魏鼎云。"

《演义》着重写后来司马懿装病消灭了曹氏的事,却轻易地放弃了前段装病拒绝曹氏的好材料、好情节,不能不说是罗贯中之失。

托孤比较篇

托孤的事,吴、蜀、魏皆有之。

汉建安五年(公元二〇〇年),孙策遇刺受重伤,医治无效,临终以二弟孙权托付张昭,对张昭说:"若仲谋不任事者,君便自取之。"(语见《三国志·吴书·张昭传》注引《吴历》)

蜀汉章武三年(公元二二三年),刘备征吴兵败后,病笃,以长子刘禅托付诸葛亮,他与孙策当年无独有偶,说了同样的话:"若嗣子可辅,辅之;如其不才,君可自取。"(语见《三国志·蜀书·诸葛亮传》)

"托孤"的"孤",厥有二义:一、幼小之谓;二、无父之谓。孙权继孙策,弟承兄业,时年十八;刘禅继刘备,子承父业,时年十七。两人岁数,皆未及冠,就做众人"主子",父兄是不放心的。因为放不下心才托孤。所托付的人,当然是关系密切,而又资望才具俱高的人。像张昭在吴,足以当之;诸葛亮在蜀,更是没有第二人。孙策、刘备对张、诸葛都是早已遴选好了的。然而,英雄之主如孙策、刘备,对其最信任的人也就是最疑忌的人,故托付之时,把话当面说透——透底!再没有可以保留的言语了。

这样透底的话,可谓"智者不失人,亦不失言"。说话的主观意图究竟怎样?在下不敢代孙、刘回答,客观效果是人人看得到的:由于张昭尊孙权,"然后众心知有所归";刘禅表示"政由葛氏,祭则寡人",诸葛亮乃"鞠躬尽瘁,死而后已"。终孙权、刘禅之世,虽然一个是霸主,一个是庸君,两不相同;但相同的是未闻张昭、诸葛亮有任何异想、异动。话说到透底了,可以保证几十年的安定不移——孙策死后,孙权掌握东吴政权五十三年;刘备死后,刘禅做了四十二年的蜀汉皇帝。

而曹魏的托孤则不然。

曹丕死于黄初七年(公元二二六年),病笃时"召中军大将军曹真、镇军大将军陈群、征东大将军曹休、抚军大将军司马宣王(司马懿),并受遗诏辅嗣主"(《魏书·文帝纪》)。

嗣主是曹叡，曹丕的儿子，时年廿二，不算小了。登基就得到群下的爱戴，刘晔誉之为"秦始皇、汉孝武之俦，才具微不及耳"（《魏书·明帝纪》注引《世语》）。顾命大臣四人中两位是宗室（曹真、曹休），一个是元老重臣（陈群），司马懿是野心家，但不敢有任何动作，只是养望以待异日。等到曹叡做了十四年皇帝，又托孤时（景初三年，公元二三九年），司马懿在魏国的地位和威望已是很高了（时已为太尉），曹叡把八岁的曹芳托付于他和大将军曹爽（曹真的儿子）。话说得很哀："吾疾甚，以后事属君，君其与爽辅少子。吾得见君，无所恨！"（《魏书·明帝纪》）又注引《魏氏春秋》，曹叡对司马懿说："死乃复可忍，朕忍死待君，君其与爽辅此（子）。"没有孙策、刘备那种爽利透底的话，而是一味求人哀怜的嘱托，有十分信，无半分疑，这样倒断送了曹氏政权，且遗祸患于后三世：曹爽及曹氏连同夏侯家族被司马懿剪除了；曹芳被司马师废掉了；另立的新君曹髦，又被司马昭杀了；最后一个皇帝曹奂，司马炎干脆要他禅位。于是魏亡，天下是司马氏的。

窃以为曹操不该逼司马懿出仕，加以他的子孙魏文帝不武，魏明帝不明，所托非其人，所言止半截，失人又失言，遂使司马氏得逞。统计由曹丕黄初元年（公元二二〇年）起，至曹奂咸熙二年（公元二六四年）止，魏国历五帝，不过四十四年耳。仅比刘禅多二年，还不及孙权的统治长久呢。

吴蜀相互讥嘲

夷陵战后,刘备惨败,退缩峡中,驻白帝城。"孙权闻先主住白帝,甚惧,遣使请和。先主许之。"(《蜀书·先主传》)

刘备利用孙权的恐惧心理,写信给陆逊:"贼今已在江陵,吾将复东,将军谓其能然否?"贼指魏兵,那时魏军大出,刘备抓住这个契机,表示还有力量可以跟曹魏较量,目的是恫吓孙权。陆逊看穿了他这步棋,答云:你刚被我打败,创痍未复。我们两家应该和好,你的部队也需补充。"若不推算,复以倾覆之余,远送以来者,无所逃命。"(《吴书·陆逊传》注引《吴录》)

于是,"孙权使太中大夫郑泉聘刘备于白帝,始复通也"(《吴书·吴主传》)。蜀汉回聘的也是一位太中大夫——宗玮,这是章武二年(公元二二二年)事。

从此孙、刘恢复了正常关系,到了建兴七年(公元二二九年),诸葛亮与孙权更缔结了"汉吴联盟",预分了曹魏的土地,分布盟书,昭告天下,两国往来就更密切了。吴蜀之重要往来,计有:刘备之丧,东吴派冯熙入蜀吊唁;孙权称帝,诸葛亮派陈震到武昌(今湖北鄂城)庆贺,并主歃盟,签订盟书;诸葛亮在五丈原病逝,孙权派是仪到成都吊唁,并重申加强盟好。

这样频数往来,互相依赖支持,一直到蜀汉的灭亡(公元二六四年)。在漫长的四十多年中,吴国西线无战事;蜀汉东境又安;人民不受兵革之扰,长江流域,得以恢复、发展生产,自然是好事。但两国官员往来,未尝不斗口舌,逞机锋,相互讥嘲,他们神经不衰弱,也不回避听来似乎不利于团结的话,只要不发生弊端,说过就算了。在尽想占上风,尽量逞辩才中,给我们留下语言的文采。这不是他们吃饱了撑的,而是在外交场面上显示起码的才能。如《演义》里写了邓芝说服孙权,秦宓难倒张温,便是很动人的一面。[①]

且说继宗玮之后,费祎出使东吴,吴主孙权设宴款待,预令群臣:费祎到来,只管先食,置之不理。

费祎见这场面，只有孙权迎他，于是嘲曰：

"凤凰来翔，麒麟吐哺，驴骡无知，伏食如故。"

座中诸葛恪就反讥：

"爰植梧桐，以待凤凰。有何燕雀，自称来翔。何不弹射，使还故乡。"（见《吴书·诸葛恪传》注引《恪别传》）

又一次，张奉使吴，吴臣薛综即席拆字劝酒，拆蜀字云：

"有犬为獨，无犬为蜀。横目勾身，虫入其腹。"

拆吴字云：

"无口为天，有口为吴。君临万邦，天子之者。"（《吴书·薛综传》）②

益州太守张裔，因蜀汉南中叛乱，叛将将他送往东吴，他在吴数年，孙权不知。到了诸葛亮派邓芝使吴，才请孙权遣送张裔还蜀。孙权与张裔见面，就开玩笑对张裔说：

"蜀卓氏寡女，亡奔司马相如，贵土风俗，何以乃尔乎？"

"愚以为卓氏之寡女，犹贤于买臣之妻。"这是张裔的回答，反扑得孙权顾左右而言他（见《蜀书·张裔传》）。孙权以卓文君奔司马相如事嘲蜀；张裔便以朱买臣妻（会稽人）不贤讥吴。针尖对麦芒，毫不相让。

除了上面所述，东吴使蜀的还有严畯、薛综、王蕃……蜀汉使吴的有宗预、樊建、李密……如果能广事稽勾，发掘，大可以写一篇吴蜀交往史的专题文章，一定有许多秘闻实录可观。

注释：

① 《三国志通俗演义》卷十八之一：《难张温秦宓论天》。《三国演义》第六十八回：《难张温秦宓逞天辩》。

② 又见《江表传》，谓是诸葛恪对费祎说的，文字稍有出入。

由魏延说到子午谷

蜀汉大将,关、张、马、黄、赵以下,要数魏延。魏延在《演义》中的首次出现,小说家原是把他作正面人物写的:

那时曹操大兵南下,刘备向襄阳退却,跟着的士民甚多,刘琮闭门不纳。"蔡瑁、张允得知刘备唤门,径来敌楼上叱之,曰:'左右与我乱箭射之!'城外百姓皆望敌楼而哭。忽后城中一将默然跳起,引数百人径上城楼,来杀蔡瑁、张允。此人是谁?——身长九尺,面如重枣,目似朗星,如关云长模样,武艺独魁,江表义阳(今河南信阳)人也,姓魏名延字文长……"此据《三国志通俗演义》卷九之一《刘玄德败走江陵》。《三国演义》第四十一回《刘玄德携民渡江》基本相同,惟将"如关云长模样,武艺独魁"字句删去,不使魏延突出,面貌也不许他像关羽。

这之后，魏延在长沙杀了韩玄，投归刘备。诸葛亮会"看相"，说魏延脑后有"反骨"，知其久后必反。因其勇而用之，是不信任他的。火烧葫芦谷时想把他同敌人司马懿一道烧死。诸葛亮死后遗计马岱杀掉他。总之，在《演义》中，魏延被逐步写成反面人物。

征诸正史，《三国志·蜀书十》把刘封、彭羕、廖立、李严、刘琰、魏延、杨仪编在一卷，这七人都是废弃不用、被杀或自杀的，可以看出《三国志》作者陈寿原是这样看法。《赞魏文长》云："文长刚粗，临难受命。折冲外御，镇保国境。不协不和，忘节言乱。疾终惜始，实惟厥性。"前四句是肯定他的；后四句有贬词，说他作"乱"，说他无"终"。《演义》大概是照着这个口径写的。

《蜀书·魏延传》："先主为汉中王，还治成都。当得重将，以镇汉川。众论以为必在张飞，飞亦心自许。先主乃拔延为督汉中镇远将军，领汉中太守。一军尽惊。"刘备特别提拔他，重用他，似与诸葛亮异趣。二人选择将才不同，诸葛亮不喜欢魏延；刘备则谓马谡"言过其实，不可重用"。看来刘备比诸葛亮更多知人之明，因为魏延"临难受命"，确能"镇国保境"。当刘备问魏延："今委卿以重任，卿居之，欲云何？"魏延答："若曹操举天下而来，请为大王拒之；偏将十万之众至，请为大王吞之。"壮哉此言，壮哉魏延！他始终守住了汉中。诸葛亮从汉中北伐，他每作前驱。如果第一次出祁山，不是用马谡，而是用魏延，也许没有街亭之失。

本传："延每随亮出，辄欲请兵万人，与亮异道，会于潼关，如韩信故事。亮制而不许。延常谓亮为怯，叹恨己才用之不尽。"

本传引《魏略》："夏侯楙为安西将军，镇长安。亮于南郑与群下计议，延曰：'闻夏侯楙少，主婿也（曹操长女清河公主的丈夫），怯而无谋，今假延精兵五千，直从褒中出，循秦岭而东，当子午谷而北，不过十日可到长安。楙闻延奄至，必乘船逃走。……而公从斜谷来，必足以达。如此，则咸阳以西可定矣。'"诸葛公召开军事会议，他别有打算，不采纳魏延之议。

王船山云："魏延请从子午谷直捣长安，正兵也；诸葛亮绕山而西出祁山，趋秦陇，奇兵也。"（《读通鉴论》卷十）为什么诸葛公舍正用奇？

按诸葛亮"隆中对"，"将荆州之兵，以向宛、洛",才是正兵;"率益州之众,出于秦川"则是奇兵。王船山认为,"以形势言,出宛、洛者正兵也;出秦川者奇兵也。"(同上卷九)那仅是就"隆中对"预期的形势言。现在荆州已失,"出宛、洛"一路已绝,只有"出秦川"一路了。环境变了,攻守战略也因之而变。出秦川则子午谷为奇中之正,出祁山为奇中之奇。奇中之奇是"舍正道而弗由",明是出兵北伐,实是避开正面决战,把魏大军吸引向西,是"以攻为守"的战略部署。后来姜伯约又继之,亦步亦趋,成为长期国策。还是王船山说得好:"是以知祁山之师,非公(诸葛)初意。主(刘禅)闇而敌强,改图以为保蜀之计耳!公盖有不得已焉者,特未可一一与魏延辈语也。"然则魏延虽勇于北伐诸役,实被蒙在鼓里,他怎能不因献计不用而耿耿于怀!

后之论者,或谓"诸葛一生惟谨慎",不行险侥幸;或以为魏延好大喜功,倘一战取长安,当不可制,所以诸葛亮忌之靳之;或又遐想你可以由子午谷北进,敌也可自此南下,君不见魏太和四年(公元二三〇年)"诏大司马曹真、大将军司马懿伐蜀",曹真就是准备从子午谷进军吗?(见《魏书·明帝纪》)幸是大雨连绵,曹真奉命退了兵。又不见魏景元四年（公元二六三年）魏军数道伐蜀，钟会所辖"魏兴太守刘钦，趋子午谷"，"会统十余万众，分从斜谷、骆谷入"。（《魏书·钟会传》）诸葛亮顾忌到我若先走子午谷，不是启敌以途吗？其奈魏延不服何！其实敌不会由魏延启，路也非诸葛亮所能封闭。

后来邓艾"自阴平道行无人之地七百余里，凿山通道，造作桥阁，将士皆攀木缘崖，鱼贯而进"（《魏书·邓艾传》）。竟获成功，蜀汉以亡。比魏延之拟入子午谷行险侥幸更是倍之。那时诸葛亮、魏延已死去三十年。至于魏延死前"造反"，那实是一宗冤案，当另文为他平反。

苏东坡诗云："北客初来试新险，蜀人从此送残山。"在下西望陕南川北，相距千余里，遥想往事，相去千余年；而此文仅二千言，只是隔靴抓痒吧！

杨仪、魏延的冲突

襄阳人物,在三国时期多知名之士,阔气的蔡家:蔡讽、蔡瑁父子;高名的庞德公、庞统叔侄;"马氏五常"中的马良、马谡兄弟;向氏叔侄向朗、向宠;董恢;廖化;杨仪;诸葛亮的岳父黄承彦……诸葛亮虽是山东琅琊人,但他的少、青年时期是在襄阳度过的。

很难说诸葛亮对襄阳没有感情,对襄阳人士无多了解和无所偏爱吧。

你看他未出山时庞德公、黄承彦对他是怎样游扬!后来他在《出师表》中对向宠是怎样称誉,在军中又是怎样重用马谡和杨仪!

当诸葛亮初次北伐,错用马谡,提拔信任,遂有街亭之失,打了败仗,退回汉中,自贬三级。这是人尽皆知的。至于马谡逃亡,连累了向朗——他"知情不举",被免了官(见《三国志·蜀书·向朗传》)。因系孤证,我没有写入关于马谡的文中。

诸葛亮最后一次北伐,积劳身死五丈原军中。他晚年信用杨仪,临死前委以重任,导致了杨仪和魏延之间的矛盾爆发。《演义》、演戏,都演魏延造反;谚有"魏延反,马岱斩"之谣,也是由于小说家言,诸葛亮预派马岱于魏延部下,授以密计杀掉他的。

关于杨仪的来历,《演义》没有写。据《三国志·蜀书·杨仪传》:他原是魏荆州刺史傅群的主簿(约同于秘书)。当时魏只有荆州北部一小部,关羽攻拔襄阳,他背叛了傅群,投诚关羽。"羽命为功曹,遣奉使西诣先主。先主与语,论军国计策,政治得失,大悦之。因辟为左将军兵曹掾。及先主为汉中王,拔仪为尚书。先主称尊号,东征吴。仪与尚书令刘巴不睦,左迁,遥署弘农太守。"

看官知道,汉制尚书是文职,分四曹,主管各曹的是尚书令。杨仪背魏投刘,得到提升,到职未久,他就跟主管官闹别扭,大概他看不起刘巴这个"土包子"。他不知刘巴是零陵高士,刘璋的旧人,刘备的重臣,因此他被降了级(左迁),有官无位(遥署)。弘农郡属司州(今河南西部,离魏都洛阳不远），非蜀汉所辖地，太守是个虚名而已。

到了刘禅继位，诸葛亮又起用杨仪。"建兴三年，丞相亮以为参军，……五年，随亮汉中，八年迁长史，加绥军将军。"他做了诸葛亮的幕僚长，"亮数出军，仪常规划分部，筹度粮谷，不稽思虑，斯须便了"。他办事周到而快速，为诸葛亮所倚重。"亮深惜仪之才干，凭魏延之骁勇，常恨二人之不平（不和），不忍有所偏废也。"据同书《魏延传》："延既善养士卒，勇猛过人，又性矜高，当时皆避下之。唯杨仪不假借延，延以为至忿，有如水火。"又《费祎传》："魏延与长史杨仪相憎恶，每至并坐争论，延或举刃拟仪。……"诸葛亮终无调停之方，消除二人的怨毒——也许有意搞平衡？"终亮之世，各尽延、仪之用者，祎匡救之力也。"

诸葛亮大概是急性病死去的。他在建兴十二年（公元二三四年）自春及秋，与司马懿相持，用木牛流马运粮，部队屯田，与民相处甚安，欲作长久之计。没有任何死后的安排，军中之事，是匆匆"密与长史杨仪、司马费祎、护军姜维等作身殁之后退军节度：令延断后；姜维次之。若延或不从命，军便自发"。（这样部署，很可能是杨仪与费祎、姜维背着魏延协商决定的，假传丞相遗命。）这样一来，魏延便人了！在"秘不发丧"中，杨仪叫费祎去试探魏延意旨，魏延说了两点：一、"丞相虽亡，吾自现在；府亲官属，便可将丧还葬；吾自当率诸军击贼！云何以一人死，废天下之事耶？"二、"且魏延何人，当为杨仪所部勒，作断后将乎！"前者说得冠冕堂皇，却不这样做。后者不但干脆拒绝断后的任务，而且率领他的部队，抢走退军的最前头，相反地，准备阻击杨仪的大队伍。本传说他"所过烧绝阁道"（即栈道），《演义》也是这样写的。又他们向朝廷"各相表叛逆，一日之中，羽檄交至"。《演义》还编造了双方的表章。关于烧了栈道，仓促之间，我想纵毁也不多。过去原是赵云烧的，见诸葛亮与兄诸葛瑾书："前赵子龙退军，烧坏赤崖以北阁道缘谷百余里……"大概退则烧毁，以绝追兵，进军则又修复。令人想见"蜀道难"。至于成都朝中的留府长史蒋琬，侍中董允诸人，对诸葛亮是萧规曹随的，他们都"保仪，疑延"。甚至"蒋琬率宿卫诸营赴难北行"，为防魏延异动。这点《演义》没有写。

这时魏延孤军处境险恶，前有蒋琬的宿卫军，后有杨仪等的全师。杨仪虽全师而退也处境险恶，魏延一军阻其归路，司马懿很可能知道诸葛亮的死讯，魏国大军将沿斜谷向南压下来！

杨仪、魏延的冲突将以怎样的悲剧收场？《演义》已告诉了看官。惟小说家言，究非定论。在下不敏，却要另话一番哩。

魏延的冤案

当诸葛亮在日,尝命费祎出使东吴,董恢为副。一次,孙权乘醉对费祎说:"杨仪、魏延,牧竖小人也。虽有鸣吠之益于时务,然既已任之,势不得轻。若一朝无诸葛亮,必为祸乱矣!诸君愦愦,曾不知防虑于此!岂所谓贻厥孙谋乎?"董恢为费祎设辞,祎答权云:"仪、延之不协,起于私忿耳,而无黥(布)韩(信)难御之心也。……"下面接着说了一番方今用人之际,不可因风涛而废舟楫的空话。对于孙权提出的"一朝无诸葛亮",诸君怎样防止"祸乱"?没有作正面回答。虽然终诸葛亮之世,费祎是调停杨、魏之争的和事佬,但矛盾总是存在,问题总是拖着。诸葛亮一死,他们的冲突便表面化了。

《三国志·蜀书·魏延传》注引《魏略》:"诸葛亮病,谓延等云:'我之死后,但谨自守,慎勿复来也.'命延摄行己事,密持丧去。延遂匿之。行至褒口,乃发丧。亮长史杨仪宿与延不和,见延摄行军事,惧为害,乃张言延欲举众北附,遂率其众攻延。延本无此心,不战,军走。追而杀之。"裴松之以为"此敌国传闻之言,不得与本传争审"。

这跟魏延本传不同,算是另"一面之辞"。

但本传那"一面之辞",也没有肯定魏延反叛,只说诸葛亮病笃时"密与长史杨仪、司马费祎、护军姜维等作身殁之后退军节度:令延断后,姜维次之。若延或不从命,军便自发"。这显然是估计到魏延不会服从杨仪之命,因而也没有叫魏延来参加这个"榻前会议"。也很可能是杨仪等假传"丞相遗命"。

果然,魏延不甘为杨仪所部勒,作断后将,而且赶在撤退的前面,烧断栈道,绝杨仪的归路。断后的一仗,是姜维指挥的。杨仪虽是幕僚长,终是文官,作战还是要听从姜维。这时司马懿闻诸葛亮死,蜀汉兵退,便整军来追。"姜维令仪,反旗鸣鼓,若将向宣王(司马懿)者,宣王乃退。……宣王之退也,百姓为之谚曰:'死诸葛走生仲达!'"(见《诸葛亮传》注引《汉晋春秋》)。

司马懿(仲达)本来就"畏蜀如虎"。现在又不确知诸葛亮死的虚实,仅据老百姓相告。忽遇敌方堂堂旗鼓,便缩回去了。并不如《演义》写的蜀军推出四轮车来,车上坐着一个木雕的孔明。演义有实有虚,虚构过火,直是儿戏了!

姜维断后,已无问题,问题在怎样解决前面阻路的魏延?据《王平传》:"亮卒于武功,军退还,魏延作乱,一战而败,平之功也。"这里也只说"魏延作乱",不云造反。(王平就是何平,母姓何,他养于外家,后来复姓何。《演义》没有交代。)

综观其本传及有关人物传中关键性的文字,均未言魏延反汉投敌。他不乘断后之机北去,却是抢先南行,一也。被王平打败,他更向南奔汉中,二也。尤其先是扬言要继诸葛亮之业,不废北伐,又令少数人扶丧回去。要和费祎联名,宣布北伐部署,虽然为费祎所卖。试问蜀汉军中,除了姜维,谁还有如此气概,如此胆识?

当马岱把魏延的头向杨仪缴纳,"仪起自踏之,曰:'庸奴!复能作恶不?'遂夷延三族"。后之论者,郝经以为杨仪"以私忿杀大将,罪浮于延"。刘家立谓魏延"其功不可没,夷其三族,亦太甚矣"。(均见《三国志集解》)金圣叹批《水浒》,有"怨毒之于人甚矣哉"之语，这里不妨借用于杨仪之对魏延。杀人不过头点地，还要踏上一脚，叫他永世不得翻身，再加上灭其三族！魏延是大将，有大功，无大罪，遭大祸，蒙大诬。本传也说"原延意不北降魏而南还者，但欲除杀仪等。平日诸将素不同。冀时论必当以代亮。本指如此，不便背叛"。这是陈寿作的结论。

想背叛和悔不早背叛的倒是杨仪！杨仪"得胜"回朝，不可一世，自以为功高劳大，当代诸葛亮秉政。未料这一位置竟归蒋琬。《杨仪传》云："初，仪为先主尚书，琬为尚书郎（居尚书之下），后虽俱为丞相参军长史，仪每从行，当其劳剧。自惟年宦先琬，才能逾之，于是怨形于色，叹咤之声，发于五内。时人畏其言语不节，莫敢从也。"费祎去慰问他，他对费祎说："往者丞相亡殁之际，吾若举军以就魏氏，处世宁当落拓如此耶？令人追悔，不可复及！"这是他自己的"坦白"！费祎如实表奏，朝廷遂"废仪为民，徙汉嘉郡"。总算是"坦白从宽"，没有杀他。但"仪至徙所，复上书诽谤，辞指激切。遂下郡收仪，仪自杀"。

蒋琬、费祎诸人，先纵容杨仪去除掉跋扈难制的魏延，然后不费力地拔去杨仪这颗钉子。此番由于诸葛亮之死而有魏延、杨仪之死,蜀汉的元气大伤。杨仪该死,死有余辜!但魏延的冤、假、错案,那是演义变本加厉制造的,群众多听之信之。而魏延死后,便"蜀中无大将,廖化作先锋"了。

姜维"九伐中原"前后

旧戏《天水关》，又名《收姜维》，是姜伯约初显身手和投降诸葛亮的一幕，时在蜀汉建兴六年（公元二二八年），姜维方二十七岁，恰与诸葛亮初出茅庐之年一样。诸葛亮很赏识这位青年军官，用他为仓曹掾，加奉义将军，封当阳亭侯。写信给长史张裔、参军蒋琬，特别介绍："姜伯约忠勤时事，思虑精密，考其所有，永南（李邵）季常（马良）诸人不如也。其人凉州上士也。"又说："姜伯约甚敏于军事，既有胆义，深解兵意。此人心存汉室，而才兼于人，毕教军事，当遣诣宫，觐见主上。"（《三国志·蜀书·姜维传》）

到了暮年，钟会对杜预称赞他："以伯约比中土名士，公休（诸葛诞）太初（夏侯玄）不能胜也。"（同上）

姜维死后，晋人左思作《三都赋》，其《蜀都赋》中有云："非葛非姜，畴能是恤？"把他升到与诸葛亮并提的地位。

姜维不是政治家，只是军事家。他平生事业，是继承诸葛亮六出祁山（实只五出）未竟之志，九伐中原——也只八伐。八伐是胜少败多。若从后主延熙十年（公元二四七年）算起，勉强可称九伐。

延熙十年，"是岁，汶山平康夷反，维率众讨定之。又出陇西南安、金城界，与魏将郭淮、夏侯霸等战于洮西。胡王治无戴等举部落降。"原是讨叛，在讨叛中与魏军遭遇。

下面节录《蜀书·后主传》，排比八次北伐。

延熙十二年，"春，夏侯霸来降。秋，卫将军姜维出攻雍州，不克而还"。

十三年，"姜维复出西平，不克而还"。

十六年，"夏四月，姜维复率众围南安，不克而还"。

十七年，"夏六月，姜维率众出陇西。冬，拔狄道、河间、临洮三县民，居于绵竹繁县"。

十八年，"夏，复率诸军出狄道，与魏雍州刺史王经战于洮西，大破之，经退保狄道城，维却驻钟题"。

十九年，"春，进姜维位为大将军，督戎马，与征西将军胡济期会上邽，济矢誓不至。秋八月，维为魏大将军邓艾所破于上邽"。

二十年，"姜维复率众出骆谷，至芒水"。

景耀五年（公元二六二年），"姜维复率众出侯和，为邓艾所破，还住沓中"。

住沓中（今甘肃临潭县西接连青海东南角）是防敌（邓艾进攻）和避迫害（宦官黄皓当权），这时姜维已是六十岁的老人了。

炎兴元年（公元二六三年），钟会、邓艾、诸葛绪三路伐蜀，姜维只能移军死守剑阁，挡住钟会；料不到邓艾偷渡阴平（今甘肃文县西北，由文县经四川平武左担山为古之阴平道），下江油，破绵竹，进逼成都，迫使刘禅出降。刘禅又诏使姜维投降，于是姜维便在剑阁以全军向钟会树起白旗，诈降。

后人有个王崇，说："邓艾以疲兵二万，溢出江油，姜维举十万之师，按道南归，艾为成擒，擒艾已讫，复还拒会，则蜀之存亡，未可量也。"（见《三国志集解》）这位后人吃灯草出虚恭！姜维回师，钟会合诸葛绪的人马，十几万大军追蹑其后，恐怕邓艾未成擒，姜维这几万人（不到十万）已先溃亡。邓艾是姜维的老对手，过去交兵，互有胜负；不会姜维一回师,他就束手就擒。相反地,邓艾与钟会夹击姜维,姜维倘有疏失,则一点老本也没有,虽欲在钟会、邓艾矛盾之中有所作为,如后来他推动钟会造反,也不可能了。《华阳国志》引姜维与刘禅密书所谓"臣欲使社稷危而复安,日月幽而复明",这只是他的主观愿望。钟会的阴谋早给司马昭识破,姜维的阴谋钟会却识不破,姜维也是事未捷,身先死,伴着他尸体的是家破国亡,他担任这悲剧之一角色,戏太重了。

由于姜维连年出征,而又得不偿失。费祎早就劝他:"吾等不如丞相(诸葛亮),亦已远矣,丞相犹不能定中夏,况吾等乎!且不如保国治民,敬守社稷。……"(《姜维传》注引《汉晋春秋》)。这位丞相兼统帅的费祎节制姜维,给他领兵不过万人。费祎忘记了诸葛亮以攻为守的战略。姜维正是诸葛亮的承继人,是明知"才弱敌强",若"不伐贼,王业亦亡;惟坐待亡,孰与伐之"的执行者。费祎死后,姜维始得行其志。谯周著《仇国论》,更是"妄自菲薄,引喻失义"的亡国论。"象床宝帐无消息,从此谯周是老臣",谯周这位"老臣"是惯于劝主子投降的(昔劝刘璋降,今劝刘禅降)。陈寿是谯周的学生,他批评姜维"玩众黩旅,明断不周,终致殒毙。老子有云:'治大国犹烹小鲜',况于区区蕞尔,而可屡扰乎!"刘咸炘云:"陈之贬姜,乃承其师谯周之说。"今转录斯语,以结束此篇。

刘禅与孙皓

刘禅是庸主,孙皓是暴君。刘备、孙权的子孙一降于魏,一归于晋,此乃看官们所熟知的。

我要说的,庸主往往是贤能之相所造成,他乐得安逸,让臣下搞"虚君制"。暴君则是由于他手下多是庸臣,他的暴就日盛一日了。

综观《蜀书·后主传》,刘禅生于汉建安十二年(公元二〇七年),自章武三年(即建兴元年)十七岁即位,至炎兴元年出降,一共做了四十二年的无为天子,无可称述,只是诸葛亮、蒋琬、费祎、姜维诸人的大事记。从魏景元五年(即咸熙元年)刘禅受封安乐县公,直到晋泰始七年(公元二七一年)卒,他又做了八年的安乐公。此公算是白活了六十六年,"寿终正寝"。

如果定要找出刘禅可称述的事,也有两件:一是他在诸葛亮死后,"至湔,登观阪,看汶水之流"。就是去看了一次有名的水利工程都江堰。诸葛亮在时,他是不敢临幸的。对此,后人还批评:"诸葛亮既殁,汉主游观,莫之敢止。"无异于禁他在深宫之中,连应该让他去参观的地方,应该让他知道的事物,去领略一番,也遭人非议。此其一。我很为刘禅叫屈。

其二,据《汉晋春秋》,司马文王(司马昭)与禅宴,为之做蜀技,旁人皆为之感怆,所谓"凄凉故蜀妓,来舞魏宫前",该是何等悲伤气氛,而禅喜笑自若。王谓贾充曰:"人之无情,乃可至于是乎!虽使诸葛亮在,不能辅之久全,而况姜维邪?"贾充曰:"不如是,殿下何由并之?"他日,王问禅曰:"颇思蜀否?"禅曰:"此间乐,不思蜀。"初读使人愤慨,继思之,刘禅这点倒很聪明:装蒜,卖傻,使司马氏视他为不中用的蠢才。偏偏郤正不解其中意,教他"若王后问,宜泣而答曰:先人坟墓远在陇蜀,乃心西悲,无日不思"。这样就会放你回去。郤正想得太天真,不知司马昭是何等人,会垂怜你亡国奴吗?果然,王复问如前,刘禅照此回答,"王曰:'何乃似郤正语邪?'禅惊视曰:'诚如尊命!'左右皆笑"。

这决不是教的曲子唱不来,而是越装越像,左右这一笑，他更"安乐"定了。《三国志集解》引于慎行说："刘禅之对司马昭，未为失策也。郤正教之，浅矣！思蜀之心，昭之所不欲闻也。……左右虽笑，不知禅之免死，正以是矣。"可谓知言。看官大概还记得刘备遗诏给他儿子曾云："丞相叹卿智量甚大，增修过于所望。"诸葛亮不是拍马屁语，刘备也不是护短誉儿的人。刘备倒是很会"装相"的，装老实，装仁义，装种菜，装惊雷，装哭……可见刘禅这个枭雄之子，也是有两下子的。

相反的，孙皓是极权皇帝，朕即吴国，他爱玩就玩，他想杀谁就杀谁，六亲不认，首都随意迁去迁回，不像刘禅那样窝囊。

孙皓于天纪四年降晋（距刘禅降后十三年），晋武帝司马炎太康元年封皓为归命侯，次刘禅一等。《晋书·武帝纪》："皓登殿稽颡，帝谓皓曰'朕设此座以待卿久矣！'皓曰：'臣于南方亦设此座以待陛下。'"牙尖舌利，虽败不输。然而他自己也觉得此语之不当。据《世说·排调》云，晋武帝问孙皓："闻南人好作《尔汝歌》，颇能为否？"皓正饮酒，因举觞劝帝而言曰："昔与汝为邻，今与汝为臣，上汝一杯酒，令汝寿万春。"以揶揄入颂祷，使晋武帝很后悔，大概是悔不该跟孙皓问答，有失威严吧。

《三国志集解》载晋侍中庾峻问皓侍中李仁曰："闻吴主披（剥皮）人面，刖人足，有诸乎？"李仁曰："昔唐虞五刑，三代七辟，肉刑之制，未为酷虐。皓为一国之主，秉杀生之柄，罪人陷法，加之以惩，何足多罪？"又问："云归命侯乃恶人横睛逆视，有诸？"李答："视人君相迕，是乃礼所谓傲慢，傲慢则无礼，无礼则不臣，不臣则犯罪，犯罪则陷不测矣。"孙皓这样残暴，还有旧臣替他辩解。

由此可见，孙皓为人，是很遭晋君猜忌、深恶的。所以刘禅去世，《三国志》则书"公薨于洛阳"；孙皓去世，则书曰"皓死于洛阳"。一称公，曰薨；一斥名，曰死。虽史有"书法"，其中颇能启人深思者，大概刘禅是善终的；孙皓降晋后三年，活到四十二岁，也许是西晋皇帝赐他"金屑酒"毒死的。

再版后记

三联书店愿把先父陈迩冬先生的遗著《闲话三分》再版。这让我们做子女的，又感动了一次。这本薄薄的小书在先父去世后还能一版再版，还能受到一些读书人的喜欢，此次印行又逢陈迩冬先生百年诞辰，更引起我们对父亲的深切思念和缅怀之情。谢谢读者，谢谢三联书店。

关于陈迩冬先生写作《闲话三分》时的情况和背景故实，在以前上海书店刊本的《后记》中做过一些介绍。为便于此次刊本的读者了解，我们略加补充，再复述如下——

《闲话三分》是陈迩冬先生最后的作品。他之所以创作这本书，大约有两个外在因素。一是我国改革开放伊始，人们追求文化知识的热情极高，各种学术团体纷纷成立，其中便有三国演义学会，并且聘他为学会顾问,使他不得不予关注。二是人民大学中文系教师吴小林先生为四川文艺出版社校注《三国演义》,恳请陈先生审订,促使他再读该书。但更重要的还在其内在因素。《三国演义》是历史小说,这类小说有什么特点?它是如何将历史实录与文学虚构结合在一起的?一部好的历史小说其审美价值何在?陈迩冬不是文学理论家,这些问题他回答不了,却不妨通过对《三国演义》中的一些人和事做具体的分析比较,让读者得到一点儿感性认识,这是他写《闲话三分》的初衷,亦即作者《闲话开头》所说的想"循'虚'入'实',化'腐'为'新'"的含义。

这里要补充的是:阅读古典小说,是陈迩冬先生日常生活的一大爱好;他写过小说,有小说集《九纹龙》行世,知道小说创作的特点和甘苦。他讲授过钟嵘《诗品》,编过《近代文论选》,具有一定的文学理论修养。这些是他撰写《闲话三分》的有利因素吧。

《闲话三分》原有一个大致的计划,以百篇为度。另外,他还有写《闲估水浒》的打算。最早得知这一计划的是《光明日报》副刊主编黎丁先生,并约定在《东风》副刊上发表。既如此,篇幅就不能过长,也基于陈迩冬先生的健康原因。每周发一篇，还是可以应付的。没想到发表数篇后，读者反映很好，《团结报》副刊主编王奇先生也来组稿，于是又有了该报上的《三分支话》。同时也就有出版社前来相约最后集拢成册，终由浙江人民出版社于1986年6月出了第一版。可惜的是原计划没有完成，仅写了四十来篇，便因患了脑血栓，手脚麻木，写字歪歪扭扭，难以辨认，迫不得已，停止了笔耕。

有读者曾表示遗憾，嫌篇目过少，不够过瘾。这是没法子的事了。不过先父有个遗愿，爱好《闲话三分》的读者，大家都不妨来闲话，各抒己见，以弥补该书的不足。

现在是信息时代，关于陈迩冬先生的生平和作为，只要在互联网上搜索一下即可，无须我们自报家门了。

陈青鸟　陈杜宇

陈　殿　郭隽杰

2013年4月20日